# 미감(美感)에 대한 탐구

# 미감(美感)에 대한 탐구

# 美感

제 나이 40이 되었습니다. 혹자는 불혹을 부록이라 얘기하기도 하더군요. 이제 주연이었던 삶과 별리하고, 조연으로의 멋진 삶을 준비하자는 취지로 출판이라는 낯간지러움을 감수하기로 했습니다. 40년 인생한 길 열심히 살아냈으니, 스스로 책 선물 하나 할 수 있는 낭만을 구가하고 싶기 때문이기도 할 겁니다.

내일은 또 어떤 멋진 삶이 기다리고 있을까요? 설레고 기대하는 마음으로 인생 후반전을 준비하고자 합니다. 오늘이 내 인생의 가장 젊은 날이라는 말을 가슴에 되새기며, 남은 날 이심전심의 청춘으로 살아가겠습니다. 그간 인생의 도반이 되어준 모든 분에게 고개 숙여 감사의 인사전합니다. 특히 옆에서 힘이 되어준 아내와 아들 김동현 군에게 사랑의마음을 전합니다.

# 차례

# 1부 (단편소설)

# 미감(美感)에 대한 탐구

-2014년 경향신문 신춘문예 응모작-

# 스톤이와 실버

'스톤이와 실버'는 강물에 살았다. 스톤이는 단단하고 치밀한, 철학적 머리를 자랑하는 친구였다. 실버는 금빛에는 조금 못 미치지만, 은빛으로 빛나는 외모적 자부심으로 살고 있었다. 스톤이와 실버는 천생 짝꿍이다. 스톤이가 기발한 생각을 하면, 실버는 활발발(活潑潑)한 맞장구를 치는, 보기 좋은 사이였다. 강물은 언제나 그렇듯 그들의 머리 위로 좋다 싫다, 이야기 없이 묵묵히 흘러가고 있었다.

그러던 어느 날, 별안간 스톤이와 실버는 흐르는 물 바닥에 웅크리고 사는 것에 회의를 느꼈다. 강물은 매번 흘러가며, stone-silver를 굴러가게 할 뿐이다. 언제 단 한 번이라도 그들이 자기 의지로 움직여본 일이 있었던가? 자존심이 상했다. 이런 실체조차 불분명해 보이는 물 따위에 휩쓸려, 안락한 보금자리를 떠나 끝없는 방랑을 해야 하는지 하루·이틀·사흘·나흘, 고민은 눈덩이 불어나듯 했다. 강물에 대한 증오의 마음도 지수함수 적(的)으로 증가하였다.

한 달, 두 달이 지나가며 급기야 스톤이와 실버는, 인간에 대한 미움까지 쌓여갔다. '댐 건설의 달인이라고 불리는 자(者)들이 물의 흐름 정도는 막아줘야 우리가 굴러다니지 않을 것이 아닌가? 더불어 녹조 곤죽으로 강물이 숨쉬기 곤란하게 만들어주는 센스까지 보여준다면, 우리의 분노에 작은 보상이라도 될 수 있을 텐데…. 도대체 이 작자들은 지금 어디서 무엇을 하고 있는가?'라고 그들은 생각했다.

강물에 의한 모멸감에 절치부심하던 스톤이와 실버에게, 이제 '내적 동력으로 스스로 움직일 수 있느냐' 따위는 중요한 것이 아니다. 복수(revenge)가 중요한 것이다. 강물에게 무언가 실체적 타격을 줄 수 있는, 복수의 계획을 꿈꾸기에 이른 것이다. 그만큼 물에 대한 분노는, 철근도 잘근잘근 씹어 먹을 수 있을 정도였다.

스톤이와 실버는 요새 가장 영험하기로 소문난 'Hände-Von'이라는 신(神)에게 기도하기 시작했다. 간단히 이 신을 소개하자면, 이름에서도 알 수 있듯 독일의 인문정신을 세련되게 체화한 visual 적 신(神)으로서, 스펙터클을 좋아하는 요새 광석(stone이와 silver를 포함한 돌멩이) 사이에서 최고의 화제를 몰고 오는 신(神)이다.

이 스펙터클적(的) 신의 매력에 빠진 자는, 몰입과 산만, 소통과 불통의 4중주를 질풍노도와 같이 연주할 수 있게 된다. 배우지 않아도 반복 재현 가능한 연주를 하게 만드는, 신묘적 '무한자(無限者)' Hände-Von 에게 홀리지 않음이 이상한 일인 것이다. 그만큼 광범위한 대중의 사랑과 지지를 받는, 과거 과거형·현재 과거형·미래 과거형의 신(神)이다. [1]

스톤이와 실버는, 물로 인한 뜬금없는 여행이 죽기보다 싫었다. '나의 불굴의 의지로 굴러가길 원했다.'라는 니체(Nietzsche)적 명제로 그들의 운명이 치환될 수 있기를 신에게 간절히 기도하고, 또 기도하였다. 하늘은 무심치 않았다. 스톤이와 실버가 비록 이름 자체가 영특해 보이지 않아서 그렇지, 스피노자의 에티카와 니체의 자라투스트라 정도는 달

---

1 Hände-Von은 그 어원에서 알 수 있듯, 「손으로부터」라는 뜻이다. 만물의 지혜는 머리에서, 즉 앎으로부터 출발하여 손으로 행하는 일련의 실천으로 획득될 수 있음을 의미하는, 독일 합리주의 전통에서 유래한 초월적 신의 이름이다. 손으로 상징되는 실천적 행동에 의해 즉각적인 자기 구원자(메시아)가 되지 못하면 현재의 비참(비상상태)은 극복될 수 없다는 것을 '발터 벤야민'은 힘주어 강조했었다. 그런 의미에서 Hände-Von은 벤야민 정신의 상징으로 육화된 무한자(無限者)일 수 있다. 지행합일로부터 실천적 백척간두 진일보를 주창했던, 당나라 때 스님 '장사'의 이야기와 문맥을 함께한다.

달 외울 정도로 책을 좋아하는 치열한 인문학적 정신의 소유자였던 것이다. 그들은 영민하게 Hände-Von이라는 무한자적 절대 신이 빠져나갈 수 없는 논리 거미줄을 쳐놓았다. 그리고 신의 움직임에 예민하게 반응하기로 했다.

브라보(Bravo)! 거미줄의 진동으로 신(神)의 움직임이 포착되었다. 스톤이와 실버는, Hände-Von이라는 무한자(無限者)가 유한자(有限者)로 치환되는 시나리오, 혹은 무한자와 유한자의 완전 분리 시나리오 둘 중 하나를 선택할 수밖에 없는, 옴짝달싹 못하는 신(神)의 한 수를 둔 것이다. Hände-Von은 한숨을 쉬었다. 거미줄을 탈출하는 유일한 길은, 그들이 원하는 소원을 들어주는 것이다. 질문을 철회한다는 조건으로 말이다.

고대하던 댐이 만들어졌다. 스톤이와 실버는 햇살을 빨대 삼아, 녹조 라떼 한잔의 여유로움을 맛보았다. 역시 물은 고여 있어야 제맛이다. 녹조들도 긴장을 풀고, 이리도 신 나게 세포분열을 하고 있지 않은가? 강물이 숨이 막혀 거품을 내놓고 있는 광경을 그들은 흐뭇하게 지켜보았다. stone-silver는 "스스로 굴러가길 원했다."라는 니체(Nietzsche)적 명제를 현실화시켰다. 아니 정확하게 이야기하면, 니체적 명제 실현의 전제조건을 달성한 것이다.

물의 흐름이라는 외부적 조건은 벗어났지만, 이제 스스로 움직여야 화룡점정이 되는 것을 머리 좋은 스톤이가 모를 리 없다. 그런데 어떻게 움직이지? 아무리 머리를 굴려 봐도 답이 나오지 않았다. 실버와의 집단지능적(的) 토론의 무의미함에 관해 깨달은, 역시 '철학을 아는 자'라고 불리는 스톤이가 실버에게 번뜩이는 제안 하나를 한다.

"실버야! 인간이 댐을 건설해서 원수 같은 물 흐름을 막아 우리가 움직일 수 있는 조건을 만들어주지 않았겠어? 이제 신(神)에 의해 조종을 받은 인간들로 하여금 우리를 움직이게 하는 것이 최선의 방법이 아닐까 생각해. 이야기인즉슨, 신을 우리가 움직였고, 그 신이 인간을 움직이고, 그 인간에 의해 우리가 움직여졌다면, 결국 우리가 우리를 움직인 꼴이 아니겠나…, 이 말씀이야! 너의 생각은 어때?"

'외모가 아름다운 자'로 불리는 실버가 대답한다. "그거 정말 멋진 생각인데?" 예의 스톤이와 실버 콤비의 어김없는 찰떡 공조는 빛을 발했다. 이제 이들 콤비가 인간에게 포획만 당하면 게임은 끝이다. 물의 흐름은 멈춰졌고, "스스로 굴러가길 원했다."라는 명제를 인간을 통해 달성하면, 그들의 종국적 목표인 석생(石生)은 극복되는 것이다. 초석(超石)이 되는 것이다.

철학을 아는 자 스톤이는 인간세계에서 '다이아몬드'라 이름 불리고 있었다. 실버도 강바닥에 굴러다니는 '은'치고는 당당한 풍모와 광도(luminous intensity)를 자랑했다. 이 모두가 인간들에게 매력적인 상품일 수밖에 없으니, 물이 잔잔한 때 그들의 눈에 띄기만 하면 된다. 욕심꾸러기 인간이 이들을 가만 내버려두지 않음은 당연한 일인 것이다.

가만 그런데 문제가 있다. 녹조를 걷어내지 않고는, 강바닥에 있는 이들의 영롱함을 인간에게 전해줄 수 없는 것이다. 그러나 하늘은 스스로 돕는 자를 돕는다고 했던가? 내친김에 신에게 다시 부탁하는 것으로 스스로 돕기를 갈음하기로 했다. 논리의 거미줄에서 신(神)답지 않은 유한자적(的) 진동으로 체면을 구길 수밖에 없었던 'Hände-Von' 신(神)은 스톤이와 실버의 협박 앞에서 울며 겨자 먹기로 또 다른 소원을 들어줄 수밖에….[2]

바야흐로 살랑살랑 바람이 스톤이와 실버가 있는 지점으로 불어왔다. 녹조가 밀려 강바닥까지 투명하게 보인다. 그리고 때마침 '머리에서 빛이 나는 자(者)'가 약속이나 한 듯 다가왔다. 마침내 stone-silver의 소원은 이루어진다. 해맑은 광채(狂彩)를 내뿜는 머리에서 빛이 나는 자(者)의 함박웃음을 마주하며, 그들은 자동차라는 움직이는 고철 따위에

---

2 Hände-Von은 영미권(英美圈)에서 hand-fhone으로 번역.

덜컹덜컹 몸을 실었다.

　여행은 생각보다 근사했고 가슴은 희망으로 두근두근했다. 스톤이와 실버는 어느 가정집에 도착했다. 이곳은 공기도 좋고, 하늘의 별과 달도 잘 보이는 멋진 곳이다. 흐르는 강물에 시달리며 지친 심신을 달래기에, 이만한 곳은 없다고 생각했다. 즉시 스톤-실버는 정원 한구석으로 옮겨진다.

　다음날 머리에서 빛이 나는 자가 쭈그리고 앉아, 스톤이와 실버를 유심히 살폈다. 그리고 그들은 조심스레 방으로 운반되었다. '윙윙, 쏴쏴, 드르륵', 스톤이가 가공되기 시작했다. '머리에서 빛이 나는 자'는 내면의 영혼을 제대로 포착하여, 그 결에 맞게 조각할 섬세한 감수성을 가진 위인이 분명하다. 난 소조 되는 자가 아닌 '조소' 되는 자이기 때문이다. '내 아름다운 영혼에 걸맞은, 위대한 예술작품이 탄생할 것이다.'라고 스톤이는 생각했다.

　왠지 모르지만, 스톤이는 원반 모양으로 성형되었다. 'UFO 원반형, 토성도 원반형, 성단(별 무리)에도 원반형이 있으니, 비로소 난 우주의 정신으로 나툰 것이구나. 이 머리에서 빛이 나는 자는 돌의 영혼을 보는 눈이 있는 자가 분명하다.'라고 그는 생각했다. 우주의 정신으로 승화된 원반형 스톤이는 다시 시끄러운 골방으로 운반되었다. 거기서 묵직한 기계와 조합되더니, 연마석(연마하는 돌)으로 기능하게 된다.

실버도 머리에서 빛이 나는 자에 의해 잘게 부수어졌다. '물체에서 분자로, 분자에서 원자로, 원자에서 쿼크로 쪼개어지는, 이 우주의 정신이 비로소 나의 일부가 되었구나. 이 머리에서 빛이 나는 자는 절대 정신의 안목이 있는 자가 분명하다.'라고 그는 생각했다.

'어! 그런데 옆에 있는 이 빛나리가 누구냐?' 실버는 그곳에서 실로 반가운 이를 만난다. 표준 주기율표상 11족 가문의 손위 형님 골드(gold)를, 정확히 17년 만에 본 것이다. 반가운 김에 그는 촌철 간에 깨달은 환원 분석적 절대 정신에 대해, 골드 형님께 침을 튀기며 일장 연설을 늘어놓을 수밖에….

연설이 클라이맥스로 치달을 즈음, 머리에서 빛이 나는 자가 다시 들어왔다. 별안간 실버와 골드는 그의 손바닥 위에 올려졌고, 차가운 쇳덩어리 위로 옮겨진다. 파란색과 빨간색이 섞인 화염의 무시무시한 폭발에 실버와 골드는 순간적으로 기절했다. 깨어보니 그들은 하나가 아닌 둘인 자(者), 혹은 둘이 아닌 하나인 자(者)가 되었다.

시끄러운 골방 구석에서 연마석이라고 불리는 스톤이와 합금이라 불리는 실버는, 그리 조우할 수 있었다. 그들은 서로의 몸을 부대끼며, 어떤 하나의 모양, 가치가 되어갔다. 이런 그들의 올망졸망한 행복의 미감(美感)이란, 두말할 나위가 없는 것이다.

스톤이와 실버는 자신의 몸을 무엇을 향한 고결한 희생으로 승화시키면서도, 예의 학자적 기풍으로 니체를 떠올렸다. 그들이 어떤 하나의 모양, 가치로 정렬되며, 인간을 위한 쓰임새로 가공, 창조되어가고 있을 때, 이심전심으로 자라투스트라의 다음 잠언을 생각해낸 것이다.

'가장 광대하게 자신의 내면을 달리면서 길을 잃고 방황할 수 있는 더없이 용량이 큰 영혼, 기쁜 나머지 우연 속으로 돌진하는 가장 필연적인 영혼, 생성 속으로 가라앉는 존재하는 영혼, 의욕과 갈망 속으로 가라앉기를 원하는 소유하는 영혼.'

"착하고 의로운 우리의 영혼을, 이토록 적확하게 포착하다니!" stone-silver는 이렇게 말했다. 그렇게 교양의 덕이 있는 광석(鑛石)의, 불꽃 같은 생을 마감해가는 것이다. '전도된 불구자'로 쓰고, '인지 부조화적(的) 미감(美感)이 있는 자(者)'로 읽히는 이들의 더할 수 없는 매력이란….

# 오랑캐

61살의 오랑캐는 아침에 부스스한 얼굴로 거울 앞에 섰다. 어제도 제대로 잠을 못 이루었다. 여하튼 환절기만 되면 손자를 괴롭히는 비염·천식이 원수 같다. 남들은 봄의 낭만과 가을의 향수를 느끼기 바쁜 계절의 초입에서, 남모를 속병을 앓아야 했던 것이다. 밤새 천식과 갓은 씨름을 하고 아침에서야 잠든, 아이의 창백한 얼굴을 쓰다듬으며 그는 생각에 잠긴다. 족히 2~3년은 된 일이니, 손자 '오랑우'가 생후 49~51개월 사이일 때던가? 생각이 날듯 말 듯하며 애간장을 태우는, 기억이라는 놈은 참으로 얄궂구나!

"할아버지! 사슴벌레하고 장수하늘소하고 싸우면 누가 이기게요?"

"잘 모르겠는걸? 누가 이길까?"

"할아버지, 사슴이 벌레하고 장수하늘소하고 싸우면 사슴벌레가 이겨요. 응~, 왜냐하면 사슴이 벌레는 집게로 하늘소를 딱 하고 무는데, 장수하늘소는 밀기만 한데요. 응~, 그래서 장수하늘소가 사슴벌레를 이길 수가 없어요. 할아버지는 사슴이 벌레가 무서워요?"

"응! 많이 무섭단다."

"무서워하지 마요. 내가 할아버지 지켜줄게요. 알았지요?"


자신의 핏줄은 기대 이상의 천재로 보이는 것이 동서고금의 정한 이치로 헤아려보매, 이 정도 문답을 무려 5살에 했던 수준이라면 만물박사로 칭하는 데 오랑캐가 양심의 가책 따위를 느낄 리 만무하다. 아버지 어머니 없이도 잘 따르며 무탈하게 커가고 있는, 영특한 손자 오랑우가 그저 고맙고 사랑스러울 뿐이다.


오랑우가 점심 느지막이 깨었다. 아무래도 안 되겠다. 손자의 천식발작이 심해지기 전에 시골 별장으로 데려가기로 한 것이다. 도시보다는 공기 좋은 시골이 낫겠다는 마음에 그곳에서 지내기로 한 것이다. 별장에서 회사가 가깝기 때문에 일을 보는 것도 순하리라 여겼다.


오랑캐는 오랑우를 낡은 지프 차에 태우고 별장으로 향했다. 도착하자마자 왕벚나무·상수리나무·느티나무에 붙어있는 매미 떼가 예의 시끄러운 인사로 반가운 척을 한다. 시원한 매미 소리를 듣고 있자니, 별안간 오늘 아침 신문에서 보았던 매미의 7, 11, 17년 주기설이 떠올랐다. 천적과 해충을 피하기 위해 소수인 7, 11, 17년 주기로 매미들이 집단적 발생을 한다는 내용인데, 소수는 1과 자기 자신만으로 나뉘는 수이므로, 소수 연도에 매미가 되면 천적을 만날 확률이 줄어든다는 것이다.

오랑캐는 슬며시 미소가 떠올랐다. '왜 하필 7, 11, 17이냐? 이 매미란 놈은… 세상에서 제일 사랑하는 손자의 나이가 7이요, 남아프리카 공화국의 한 광물회사에 취직하여 산업역군으로 밥 벌어 먹고산 햇수가 11이요, 명퇴 후 영세 광산개발업체를 꾸려 나간 세월이 17임을 간파하였던, 누군가의 우연을 가장한 필연이 아닌가?' 싶은 것이다.

아뿔싸! 위대한 정오가 지나고 햇살이 갈변하고 있다. 오랑캐는 손자에게 문단속 꼼꼼히 이르고, 별장 근처 샛강에 정박해 놓은 통통배를 탔다. 미나리밭으로 향한 진격의 오랑캐다. 어여쁜 손자의 천식에 약으로 쓰일 미나리를 캐기 위함이 첫째 이유일 것이고, 그냥 무작정 통통배를 타고 싶은 것이 둘째 이유일 게다.

그는 단독자로 자연과 맞서는 체험의 환희를 아는 터였다. 별장에 올

때마다 통통배·노을·퇴옹(退翁) 3자 간의 어수룩한 조화를, 기어이 실현시키고야 마는 의지의 화신이기도 하다. 손자가 광적으로 좋아하는 'The stone' 팀의 번쩍번쩍 야구 모자를 깊숙이 눌러쓰고, 강 상류로 통통배를 이끌기 시작했다.

올해 녹조가 유난하다. 얼마 전 강 상류에 지어진 댐 때문에 그럴 게다. 녹조 때문에 구역질이 나, 단 3분 거리의 미나리밭까지도 못 가보게 생겼다. 그냥 근처 중앙시장 최씨 할머니에게 미나리를 사야겠거니 생각하고 뱃머리를 돌리는 순간, 돌풍에 모자가 날아갔다. 손자에게 선물받은 모자가 엉망이 되면 안 된다. 득달같이 모자를 건져내려는 순간, 오랑캐는 강바닥에서 범상치 않은 광채(光彩)를 발견했다. 돌보기를 황금같이 한, 30년 차 광석 전문가의 예리한 미감(美感)이 아니면 불가능한 일이다.

수심은 1.5~2m 남짓이다. 오랑캐는 녹조 따위는 개의치 않고, 반사적으로 강바닥을 향해 몸을 던졌다. '황화 광물'과 '킴벌라이트'임을 단번에 알아보았다. 그리고 조심스레 배 위로 끄집어 올렸다. 킴벌라이트에는 오랑캐가 태어나서 한 번도 본 적이 없는, 어마어마한 크기의 다이아몬드가 있었다.

# 오랑우

신국(申國: 원숭이 나라)과 견국(犬國: 개 나라) 간 한바탕 전쟁이 벌어졌다. 바야흐로 전쟁은 막바지…. 시금치 산(山)에 최후의 전선이 만들어진다. 견국 4스타 대장 김 불독, 신국 3스타 중장 오랑우는 최후의 일전을 위해 전열을 가다듬었다.

견국 김 불독의 주력이 시금치 산(山) 중턱에 진을 쳤다. 그가 부대원들에게 일갈한다. "이곳은 사방 천지가 잘 보이는 곳이다. 여기서 신국 부대 움직임의 전모를 소상히 파악할 수 있을 것이다." 김 불독이 다시 말했다. "어이 거기 시추 대위 우측에서 좌상방 25도 각도로 딸기 봉우리 상단 감람암 요철부를 쳐다보고 있는, 말티즈 상병 뒤 남푸들 소위!

자네 부대원이 전부 언어학과 출신이라지?"

"세상의 길이 끊어진 곳에서 세계가 시작되는 역설처럼 언어의 길이 끊어진 곳에서 시작된 언설(言說)이 중요하네. 신묘한 언어적 연금술로 원숭이 나라 병사들의 전의를 꺾어야 하네. 자네는 충분한 자격을 갖추고 있어. 심리정보국을 맡아주게. 확성기 들고 돌아다니며 가능한 한 크게 건국의 위신을 세워주고, 신국의 저열함을 널리 알려 주도록 하게. "
김불독 대장은 열정적인 연설로, 건국 병사들의 자부심을 북돋워 주고 있었다.

같은 시간…. 신국 오랑우의 주력은 김불독 부대 밑에 있는, 홍당무 봉우리께에 진을 치고 있었다. 기실 오랑우가 주력을 전투에 불리한 아래 봉우리로 위치시킨 속셈이 있었다. 휘하 나고릴 소위가 이끄는 최정예 특수정보부대를, 시금치 산 최고봉(峰)인 딸기봉(峰) 기지로 주둔시켰기 때문이다. 작전명 'Supra Structure(SS)'…. 이 모든 것이 기지를 덮고 있는 최첨단 투명 membrane 공학과 기지 내 슈퍼컴퓨터 덕택이다. 오랑우의 최정예는 그렇게 은밀한 작전수행을 하고 있었다.

당연히 오랑우의 부대는, SS를 통해 김불독 부대의 동선과 작전을 모두 간파하였다. 그러니 전투에서도 연전연승할 수밖에…. 20일간의 치열한 싸움으로, 김불독네 부대원의 90%가 전투 불가능 인원으로 집계되었다. 신국(申國)은 딸기봉(峰) 기지의 고급정보 덕에 20%의 전력손실밖에 입지 않았다. 오랑우는 "코드명 SS! 내가 디자인했지만 정말 멋진 작전이었어."라고 우쭐해 했다. 스스로 대견해할 만하다.

오랑우는 당장 승전보를 신국 대통령에게 띄웠다. 대통령도 부리나케 화답했다. 내일 김불독네 연병장에 집결해있는 전투 가능 부대원 확인하러, SS 기지를 친히 방문하기로 약속한 것이다. 오랑우는 기분이 들떴다. 이제 오랑우의 3군(軍) 합참의장 승격은 떼 놓은 당상이다. 덩실덩실 춤출 일만 남은 것이다.

다음 날, SS 기지에서 오랑우와 신국 대통령은, 적국(敵國) 연병장에 끝없이 도열해 있는 군용헬멧을 보았다. 오랑우는 모골이 송연해졌다. 분명히 10%만 있어야 할 부대원이 100% 가까운 개체 수로 회복된 것이다. 인간 꺾꽂이라도 했단 말인가? 속성 다세포 분열이라도 한 것인가? 아니면 초단기 짝짓기 프로젝트의 결실을 이루었단 말인가?

SS 작전은 오랑우 부대의, 전(全) 시금치 산(山) 실시간 감시를 가능케 했다. 적이 어느 통로에서 어떻게 움직일 것인가에 대한 수준까지 분석 가능한 상황에서, 무슨 수로 인원이 충원될 수 있었는지 오랑우는 가늠

할 수가 없었다. 식은땀이 삐질삐질 났다. 대통령은 옆에서 영문도 모른 채 연신 싱글벙글이다.

상상조차 하기 싫은 상황이 발생한 것이다. 오랑우의 정보부대가 아무리 정보를 쥐어짜고 슈퍼컴퓨팅을 해봐도, 이 상황을 논리적으로 설명할 길이 없었다. 지하로 땅굴을 파고들어 가거나 개인별 투명 망토가 지급되었거나 Unidentified Flying Object 낙하산 군단을 만들어내지 않은 이상 도저히 불가능한 일이다. 오랑우 부대는 퇴각하기로 결정했다. 압도적 승리가 불가능한 이상 전선을 교착시켜야 한다는 명분으로 후일을 도모하는 것이다.

오랑우는 대통령에게 땅굴·투명망토·UFO 얘기하기가 적잖이 민망했다. 그래서 SS 정보요원들과의 회합 후, 컴퓨터에 설명할 방법이 있는 데이터를 첨가하기로 결정했다. 적의 총 부대원 수를 50% 늘리고, 전투 불가능 인원을 35%로 맞추어 결과를 조작하기로 했다. 데이터 보정을 통해 승리한 것으로 결론을 내야 했던 것이다.

오랑우 말이 나와서 하는 얘기지만…. 그가 185cm, 160kg 거한의 독서광이자 야구광이며, 세계 최고의 다이아몬드 가공업체 '더 스톤(The stone)'사의 상속자임을, 신국 사람 치고 모르는 이가 없었다. 독서광 오랑우는 과학철학자 카를 포퍼를, 그의 친할아버지 다음으로 숭앙했다. 카를 포퍼의 다음 글에 꽂힌 이후로 정신의 신줏단지로 모셨다.

"××주의자들은 자신들의 마음에 드는 추세를 굳게 믿고 있으며, 이 추세를 사라지게 할 조건이 나타날 것이라고는 꿈에도 생각하지 않는다. ××주의자들은 자기가 살고 있는 세계에서 일어날 변화를 상상하지 못하는 사람들을 끊임없이 나무란다. 그러나 정작 상상력이 빈곤한 사람은 ××주의자 자신이다. 그들은 '변화의 조건이 변화한다'는 것을 생각하지 못하기 때문이다."

오랑우는 한 번 본 책일랑 다시는 거들떠보지 않는 성격이다. 그러하여 이런 문구 자체를 암송한다는 것이 기적 같은 일이니, 그만큼 가슴 깊이 다가온 명제였다. ××주의자의 ××가 기억이 나지 않아 그냥 ××라고 생각하는 것이다. 오랑우는 ××주의자가 되기 싫었다. 왜냐하면, 카를 포퍼가 그런 사람 별로라고 책에 써놓았기 때문이다.

오랑우는 변화의 조건이 변화한다는 글귀만큼은 또렷하게 기억하고 있었다. 그래서 변화의 조건이 변화하는 것을 아는 사람이 되길 원했다. 그때가 바로 지금이다. 그런데 변화의 조건이 실제로 어떻게 변했는가를 탐구하여 개선하는 것은, 오랑우의 정신 생리상 맞지 않는다. 영리한 그는 '현실을 배반하지 않고, 카를 포퍼의 이상도 떠받드는 방법이 무엇인가?' 궁구하기 시작했다.

'아하! 그냥 변화의 조건이 변했다는 사실만을 눈치채면 그만 아닌가? 그것조차 안 되는 경우가 다반사인데…. 백척간두 진일보하다가 낭떠러지 떨어질라. 이미 벌어진 일은 상상력의 한계에 맞추는 것이 맞다. 이후 현실 적합논리를 동원하여 원인과 결과를 매끈하게 이어주면 되는 게지!' 그는 카를 포퍼 글의 핵심을 '변화의 조건'으로 이해하기로 마음먹은 것이다.

'착하고 의로운 현실 조화적 미감(美感)이 있는 자(者)'와 일평생 끈끈한 동반자가 되기로 한 오랑우에게도, 상상력이 차고 넘치던 시절이 있었다. 나이 40을 목전에 앞둔 시기…. 과한 상상력으로 1m 점프하려다 안드로메다까지 날아간 후, 무한 상상력에 의문을 품기 시작했다. 무한 동력으로 자신의 한계를 규정지으려다 초가삼간 다 태워 먹을 수도 있음을 안 것이다.

오랑우는 다시 생각 속으로 빠져들었다. 열만 가하면 자유자재의 모양새를 취하던 가역적 상상 덩어리란 것이, 시간의 일 방향적 흐름에 따라 비가역적 열경화성 수지가 되는 것이다. 그것을 어림짐작 직관할 수 있다. 그 바운더리 안에서 '진실 코스프레' 하고 있는 것이다. '진실이 도대체 무엇이냐? 진짜배기 실상이란 것 아닌가? 진짜 실상이란 게 뭐지? 그 실상을 관(觀)하는 주체의 문제인 것이다.'

'진실(眞實)이 사물처럼 떡하니 객관으로 있는 것이 아니라는 게 문제다. 시간 흐름에 따른 주체의 문제가 필연적으로 개입된다. 그럼 주체가 뭐지? 갑을 관계 따지자는 거다. 갑을 관계란 게 무엇이지? 맥락의 에너지 낙차를 누가 크게 주느냐이다. 그것으로부터 진실의 효용과 가치가 결정된다.'


오랑우의 머리에 쥐가 나기 시작했다. 건강을 위해 저녁 5시 이후, 5후 불식(五後不食)을 몸소 실천하는 오랑우에게, 더 이상의 사색 연쇄 고리 섭취는 몸에 해롭다. 오랑우는 단순하게 생각하기로 했다. 세상이라는 박과 오랑우라는 박이 터지느냐의 갈림길이라면 당연히 오랑우는 오랑우의 박 터짐을 막는 방향의 사회생물학적 진화를 이루어야 하는 것이다.


제가 무슨 용가리 통뼈라고 세상이라는 박을 터트릴 수 있겠는가? 용감무쌍한 전설적 사나이의 만화 속 이야기일 뿐이다. 그렇게 오랑우는 정신승리로 특유의 미감(美感)을 회복했다. 실제 오랑우는 인생 승리를 거머쥐었다. 그는 육해공 3군 합창의장으로 승진되었으며, 국가적 영웅으로 추앙받았다.

# Stone-Craft(부제: 5차원의 진실)

    철수와 영희는 Stone-Craft(부제: 5차원의 진실)라는 요새 최고로 유행하는 게임을 하고 있었다. 불로×브 회사에서 만들어낸 희대의 역작으로, 블리×드의 스×크래프트와 유사한 게임이다. 철수는 원숭이 나라, 영희는 강아지 나라로, 각각 설정하여 게임을 했다. 철수는 오랑우·침팬수·왕개코 중 오랑우를 대장 캐릭터로 뽑았다. 영희는 강아지 나라의 이 싯추·김불독·양진돗 중에 김불독을 선택했다. Map은 시금치 mountain으로 결정했다.

    철수와 영희는 초반 막상막하·난형난제·용호상박·도찐개찐의 실력을 뽐냈다. 그러나 중반 정도 게임 진도 빼내자, 철수의 생각이 두각 나타내며 영희를 압도해 나가기 시작했다. 철수는 후반에 강하다. 전략 세우기의 귀신이다. 스톤 크래프트에서 한 번도 시도된 바 없는 Supra Structure(SS) strategy를 만들어 내었고, 다양한 전술을 연역 하였다.

영희는 곤경에 빠졌다. 이번 게임에서 지면 저녁에 비싼 일식집에서, 철수에 한 턱 쏴야 하기 때문이다. 가족에게는 간·쓸개까지 달라면 줄 정도의 유별난 애착쟁이 영희이지만, 남에게 한턱 쏘는 꼴은 눈에 흙이 들어가도 못 보는 것이다. 그런데 이렇게 가면 지는 것은 시간문제다. 자포자기의 심정으로, 스펠 입력창에 "only don't know"라고 적었다. 도통 철수의 귀신같은 전략을 모르겠다는 마음으로 cheat key 장난친 것이다.

그런데 이게 웬일? 스펠을 입력함과 동시에 철수의 맵과 전략이 낱낱이 드러나는 것이 아닌가? 덩달아 무한 가스·미네랄의 복덕(福德)까지…. 바쁜 꿀벌은 곁눈질할 겨를도 없다 하던 옛 성인의 얘기처럼, 촌각 삼매적(寸刻三昧的) 게임 본좌로 나투시는 철수는 이 사실을 알 턱이 없다. 하지만 그는 진정 신의 손이다. 옆 좌석에서 손이 안 보일 정도로 빠르게 움직이며, 천재적 미감(美感)을 뽐내는 철수를 영희는 물끄러미 바라보았다.

# 2부(수필집)

## Essay

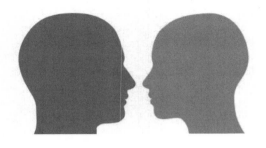

# 우연히 마주치기(R선생님께)

말도 많고 탈도 많았던 2013년이 지나갔군요. 매년 새해를 맞이하는 느낌과 각오라는 것이, 70여 년 인생 중 1/70이라는 $1/n$적(的) 확률 공식에 따르는 것이기도 하겠지만, 2014년을 맞이하는 느낌은 진심으로 남다릅니다.

인생 별거 없더군요. '이 또한 지나가리라'라는 칼로 인생이라는 정글 숲을 헤치며 지나가는 겁니다. 인생 별거 있더군요. '이 또한 지나가리라'

라는 지도를 펴놓고 묵묵히 목표를 향해 정진하는 겁니다. 그러다 보면 '이 또한 지나가리라'표 지팡이가, 지쳐 쓰러진 몸과 마음을 일으켜 세워 주기까지 합니다. 유무(有無)의 양변(兩邊)을 여의고, 울다 웃으며 대지를 박차고 일어나는 겁니다.

만나지 않으면서 만나는 것의 좌표를 믿으며, 작은 발걸음 내딛으면 그걸로 족하지 않을까요? 만나지 않으면서 만나는 것을 상상하는 힘이 바로 '희망'이라는 씨앗이 아니겠습니까? 사람들의 뒷모습을 보며 걸어가기, 땅을 보며 걸어가기, 아파트 숲과 시끄러운 자동차 소리를 들으며 걸어가기보다는, 별과 달을 바라보며 걸어가는 겁니다.

그곳에선 추억과 만날 수도 있고, 태고의 순결함과도 만날 수 있고, 과학적 공상의 나래를 펼 수도 있어요. 실제 별과 달을 만나기는 불가능하지만, 저에게는 본인 의지와 무관하게 작동하는 사랑의 메신저, 광자(photon, 빛 알갱이)가 있습니다. 그저 바라보기만 해도 광자는 초속 300,000km의 속도로 태양에서 달로, 그리고 눈으로, 삼위(三位)의 이심전심을 가능하게 합니다.

진정 만남이란 무엇일까요? 악수를 하고, 사담(私談)을 나누며, 술 한 잔 기울이는 물리적 접촉을 만남이라 생각하며 살았습니다. 이러한 만남 속에서 진심으로 꿈꿔왔던 그런 종류의 만남이 존재할 것이라 생각했어요. 마치 닐 암스트롱이 아폴로 11호를 몰고 달에 착륙해서, "나는 달과 진정으로 만남을 가졌다."라고 이야기하는 것과 같은 종류의 만남 말이죠.

그런데 암스트롱은 실제로 달과 만나고 온 것일까요? 그는 무엇과 조우하고 돌아온 것일까요? 바람이 구름을 훑고 지나간 자리에 남아있는 보름달을 11층 아파트 베란다에서 바라보는 종류의 만남보다, 달과의 직접 접촉을 통해 계량 가능한 과학적 데이터로 전환시킨 암스트롱 적인 만남이 훨씬 질이 높은 종류의 만남일까요?

닐 암스트롱은 NASA의 의사결정 주도하에, 작심하고 달과 만나기로 한 것입니다. 무엇 무엇을 해야 한다는 당위가 개입한 것이죠. 의도성은 결과적으로 필연을 만들기 적합합니다. 필연적으로 '무엇 무엇이 원인이었다'라는 주요한 인과관계 설정이, 삶의 시나리오를 만드는 데 효과적이기 때문일 겁니다.

무엇을 무엇이라 규정하고 시작하면 인생이 쉬워집니다. 판단이 쉽습니다. 잔 고민이 필요 없습니다. 그런데 인생사는, 수학에서 말하는 미분이 아닌 적분이라는 게 문제가 아닐까요? 시간의 흐름에 따라 존재라고 규정되는 무엇의 시공간 흔적 남기기를 이벤트(event)라 부르는 것이고, 그 이벤트들이 모여 장대한 인생 드라마를 연출하기 때문이라고 생각합니다. 인생사 영화 한 컷이 아니라 동영상이란 겁니다.

원인과 결과는 과거·현재·미래라고 체감하는 시간에 대한 순방향적 인식의 사후적(事後的) 구성체계인 것이죠. 결과에서 원인을 바라보며 "이것은 정말 필연이야."라고 한마디쯤 내뱉어줄 낭만은 그래서 필요한 것인가요? 그럴 낭만조차 없다면 팍팍한 세상살이 익모초 씹는 맛일 테니 말입니다.

무엇과 무엇의 마주침이란 것은, 우발적이어야 한다고 생각해요. 당위가 개입하면 그 마주침은 망하는 겁니다. 바람이 씻고 지나간 맑은 공기 속 달님과 우연히 마주쳐야 하는 것이죠. 필연이란 것이 어디에 있습니까? 그저 우연의 쌓이고 쌓임이 결과물이 되는 것이고, 그것의 사후적 해석체계가 인과(因果)일 뿐입니다.

그렇다고 정밀 탐사를 통해 달의 대기권과 지각을 분석하여, 달의 실체라는 것을 과학의 언어로 명료화시키는 작업을 하찮게 여기는 것은 아닙니다. 그것 또한 만남의 행위이고, 분명한 가치를 지니며, 대단히 중요한 일입니다. 그러나 저는 스산한 겨울바람 고독을 씹어가며 보름달을 바라보는 우연한 마주침을 더욱 소중하게 생각한답니다.

그렇게 우연히 만나는 것이죠. 마음에 무엇이 가득 차 있을 때는 모든 것이 필연으로 다가오는 법입니다. 필연은 무엇을 안다는 생각을 불러오는 것이 문제입니다. 알긴 뭘 알겠습니까? 견공(犬公)이 익모초 뜯는 소리 정도는 알 수 있을는지요. 텅 빈 마음속에서 조용히 그곳을 응시하면, 우발적인 마주침은 결과를 원만하게 드러냅니다.

시공간을 정각 슬라이스(slice) 썰기 하든 정각 깍둑썰기 하든, 어슷 슬라이스 썰기 하든 어슷 깍둑썰기 하든, 우발적 마주침도 혹은 필연적이라 여겨지는 마주침도 '이 또한 지나가는 것'이 아닐까요? 과거·현재·미래가 각기 다른 영역에서 독자적 활동을 하는 것이 아니라, 과거·현재·미래는 어슷 깍둑 썰어진 시공간 단면 안에서 한꺼번에 양념장처럼 버무려져 있는 겁니다.

'이 또한 지나가리라'표 나이프로 시공간 어슷썰기의 각도와 두께를 조절해볼까 합니다. 얇게 저미어낸 한 장면으로 인생사 모든 것을 평가하는 것은 무리일 겁니다. 제법 두툼하게 깍둑 썰어낸 시공복합체(時空複合體)로 인생사를 평가하는 것이 더 합당하다고 생각합니다.

어떠한 과거·현재·미래로 살아가기란, 결국 본인의 의도가 아닐까요? 무한대의 우발적 마주침 속에서 1/n의 필연적 확률로 결정된 미래란 그래서 선택 가능한 인간의 영역이 아닐까요?

R 선생님! 작년 한 해 많이 힘드셨을 줄 압니다. '이 또한 지나가리라' 표 심검(心劍)을 선물로 올립니다. 우발적 마주침으로 인생의 도반(道伴)을 만날 수 있는 행운의 한 해가 되길 진심으로 기원합니다. 새해는 좋은 일이 많을 겁니다. 복 많이 받으세요.

# 흑묘백묘

백색도 검은색도 아니다. 언어가 구분 지어 놓은 결대로, 세상 일이 나눠지지 않는 것이 가장 큰 인간사(人間史) 비극이 아닌가? 결국, 모든 일은 회색 지대에서 결판난다. 관념이 구분 지어 놓은 백과 흑 사이에서, 무수한 선택을 강요받는 불합리의 패턴을 인식하는 것이 중요하다. 그리고 적절한 완충지대에서 극복해내는 것이다.

스스로도 자기를 알기가 힘들다. 왜냐하면, '나다움'을 채워나간다는 것은 세상과의 부단한 도전 혹은 부지런한 피드백이 전제되어야 하기 때문이다. 대부분의 사람들(나를 포함한)은 '내가 어떤 사람이다. 나는 이런 것 저런 것 못하는 사람이다.'라는 협소한 존재규정으로 운신을 좁힌다.

물론, 이런 존재규정도 의미가 있는 삶일 수 있다. 왜냐면, 할 수 있는 영역에서만큼은 확실하게 책임질 수 있음을 의미하기 때문이다. 뒤집어 이야기하면 할 수 없다고 생각하는 분야에서는 '결과적 불확실성'에 대한 불안과 그로 인한 회피심이 생길 수 있다는 의미이다.

『성공하는 사람들의 7가지 습관』이란 책에서 '관심의 원'과 '영향력의 원' 이야기가 소개된다. '영향력의 원'이 '관심의 원'보다 넓으면 하는 일마다 천박한 결과를 빚을 수 있다는 것과 '관심의 원'이 영향력의 원'보다 크면 피해의식으로 표출된다는 것이다.

얼핏 생각해보면 가장 이상적인 것은 '영향력의 원'과 '관심의 원'을 일치시키는 것이란 생각이 들 수 있다. 이는 개인의 삶으로 놓고 보면 나쁘지 않은 선택일 수 있다. 사람은 큰 외부적 자극이 없는 한 자연스럽게 '영향력의 원'·'관심의 원'간 간극을 크게 만든다. '삶'이라는 거대한 중력에 빨려 들어가 빠져나오기 쉽지 않은 관성의 힘 때문이리라. 선택의 기로에서 스트레스 회피로 자신만의 성으로 도망치려는 마음 때문이기도 할 것이다. 이런 자연스러운 도망의 엔트로피의 법칙을 거스르는 행위가, 두 circle을 일치시키려는 노력이기 때문에…. 이 정도 레벨만 되어도 절대 나쁘지 않은 삶일 수 있다.

그러나 거시적 관점·화엄적 통찰·역사적 시각으로 '세상에 소용되기 위해 개인적 욕망을 내려놓는 사람'에게는 일정 정도의 '관심의 원' 확장은 필요하다. 반대로, 관심의 원의 확장과 실천의 두 가지 조합이 거시적 관점을 획득게 할 수도 있겠다. 어쨌건 이런 사람의 두 circle size를 일치시키려는 노력이란, 어찌 보면 '나'라는 '아상(我狀)'의 고집일 수 있다. 나의 실체가 고정된 무엇이라는…, 시간변수를 무시한 공간적 배려에 불과할 수도 있다. 해보지도 않고 관념으로 자아의 경계를 설정하는 것이기도 하다.

사진을 찍는다. 셔터 스피드를 최고로 빠르게 한다. 움직이는 물체의 실상이 명확히 드러난다. 표정 하나, 옷의 미묘한 색상차이, 얼굴 주름이 명확하게 드러난다. 그런데 어느 방향으로 움직이는지 알 수가 없다. 어떤 방향으로 가속되는지 불분명하다. 반대로 셔터 스피드를 최고로 느리게 한다. 움직이는 물체의 실상이 흐릿하게 보인다. 대신 요동하는 사진상으로 가속 정도와 방향을 추정할 수 있다. 그런데 얼굴이 안 보인다.

노란색과 파란색 스트라이프 옷이었는데, 녹색 옷으로 보인다.

'영향력의 원'과 '관심의 원'이 미시적으로 섭동한다. '영향력의 원'을 A 라 친다. '관심의 원'을 B라 친다. A가 순간적으로 요동하면서 B를 압도하는 시점이 있다. 그 시점을 빠른 셔터스피드 카메라로 촬영한다. 물질적으로 뭔가 천박한 결과가 빚어진다. 시스템과 물질이 황폐화된 그 무엇인가가 상으로 남는다. B가 순간적으로 요동하며 A를 압도하는 시점이 있다. 똑같이 빠른 셔터 스피드로 촬영한다. 정신적으로 황폐화된 결과가 나온다. 시스템과 물질은 그대로인 것처럼 보이지만, 의식이 황폐화되었다. 심령사진이 찍힌 것이다.

'브라이언 그린'은 신작 『멀티 유니버스(the hidden reality)』에서 다음과 같은 글을 소개한다. "미시적 스케일의 양자적 불확정성이 인플레이션을 통해 증폭되면서 나타난 결과가 바로 은하, 별, 행성, 심지어는 생명체이다."

사람의 심리상태도 마찬가지이리라. '영향'과 '관심'사이의 양자적 불확정성으로, 마음은 항시 널뛰기하고 있다. 그런데 어떤 외부적 조건 혹은 스트레스에 의해 에너지가 걸린다. 에너지가 널뛰기 마음을 조명하는 즉시… 즉 외부적 권위가 투입되는 순간, 우리는 어떤 결정이란 것을 하게 된다. 그런 판단·결정·실행의 자취가 인생이다. 그러한 자취를 돌아보매 4명 중 3명이 "참, 저 사람은 현명하고 올바른 길을 걸어왔어!"라는 이야기를 한다면, 그러한 삶을 일컬어 '훌륭한 삶'이라 부를 수 있으리라.

'훌륭한 삶'의 확률을 올릴 수 있는 쉬운 방법이 무엇일까라는 고민이 생겼다. 그것은 '관심'을 '영향'보다 약간 넉넉하게 가져가는 마음이다. 약간의 관심 우세적 경향 속에서… 천박과 피해의식 어느 쪽으로도 경도되지 않는, 경계인적 삶을 살아내는 것이 그 확률을 높이는 좋은 방법은 아닐까?

# 그런 재미…

만나면서 만나지 않는 것과 만나지 않지만 만나는 것이 있다. 만나면서도 만나는 것이 있지만, 만나지 않으면서 만나지 않는 것이 있다. 멋없는 척, 멋있는 척, 못생긴 척, 예쁜 척, 좋은 사람인 척, 나쁜 사람인 척하며, 한바탕 연극을 하는 것이 중요한 것이다. 아니면 척하지 말든가!

수많은 씨줄과 날줄이 교차한다. a 필연과 b 필연의 나일론 줄로 촘촘하게 그물망을 짜는 것이다. 만나는 곳에 사건이 발생한다. 그 사건은 필연인 듯 보이지만 실은 무작위다. a라는 주체의 캐릭터와 주변에서 벌어지는 사건 간의 인과관계는, 어느 정도 확률적으로 예측 가능하다. 그것이 삶의 태도이며·습관이자·관성일 것이다.

관성에 의해 나아가는 바와 마찰 간 상호 계산을 통해, 캐릭터가 얼마 정도 미끄러져 갈지 추측 가능하겠다. 그것을 통쳐 a개체 인생궤적의 필연으로 인지해보자. b도 똑같다. 그리 c를 만나고, d를 만나고, e를 만나고, f를 만나는 것이다.

어느 시점, 어느 공간에서 만나느냐라는 시공간 좌표적 문제에, 바로 random이 개입한다. 우연성이 게재하는 것이다. Heisenberg의 불확정성 원리가 침투하는 것이다. 그리하여 인생은 끊임없는 필연을 가장한 우연과 우연의 마주침이고, 그것이 직교하며 small world network를 이룬다.

한바탕 자고 일어났다. 자고 일어났더니 나일론인 줄 알았던 그물이 공기로 만들어진 그물이었던 것이다. 꿈자리에서 수묵담채화를 일필휘지로 그려내었다. 깨고 보니 초라한 '파스텔 톤 아기 도깨비가' 풀죽이고 앉아있다. 시절 모르며 도깨비 생(生)을 살아오는 동안, 수많은 타자(他者)를 만들어 온 결과가 비로소 명명백백해졌다.

이제 아기 도깨비는, 새로움과 teem work를 이루며 무엇을 이룬다는 것이 불가능에 가까운 일임을 알아챌 때가 됐다. 그리하여 그는 타자(他者)와 폭력의 일체적 관계성 속에서, 가능함과 불가능함이 무엇인가라는 화두 삼매경에 빠진다.

아는 것을 아는 줄 알았는데, 아는 것이 모르는 것이었음을 눈치챈다는 기쁨·슬픔은 어떠한가? 아는 줄 알고 궁금함이 없었는데, 실상 모르는 것을 알고 궁금해진다는 것은 또한 얼마나 반가우면서도 섭섭한 일인가? 그렇게 아기 도깨비는 화두를 풀 실마리를 얻었다. 화두로 세상과 유격전(遊擊戰) 때리는 것이다.

어쩌면 그리 위풍당당한 게릴라로 살아내야겠다. 도처에 숨어있는 게릴라 소탕작전 cool 하게 포기하고, 그들과 친구 먹는 정신이 중요하다. 단박에 알아채기다. 표정·눈빛·제스처·음성·음량·음조, 그리고 팔딱팔딱 뛰는 활발발(活潑潑)한 언어를 한(一) 방에 느끼는 것밖에 도리 없다. 무색·무미·무취·무형의 실(絲)로 나일론 그물을 만들어내는, 예민한 감수성적 존재 간의 한(一) 소식 전함은 그래서 소중한 것이다. 그런 재미….

# 도마뱀 옹(翁)을 관(觀)하며

돌아갈 곳이 필요하다. 세상의 호흡에 synchronization 하다가 심장만 요란을 떤다. 바쁘게 동동거리며 직조한 '자기애표(自己愛標)' 티셔츠 반듯하게 접어두고, 빈 몸뚱이로 돌아갈 고요한 그곳이 필요하다.

태초에 동그라미가 있었다. '동그라미'에서 T를 통해 tubular 한 C형(形) 성장을 해내는 것이, 생명의 원리가 아니겠는가? C는 벽이 있다. 그런데 그 벽은 실제 벽이 아니다. 무엇도 통과할 수 없지만, 무엇이나 통할 수 있는 격리를 통해 개체 보존에 성공하는 벽이다.

본래 한 물건도 없는 것이, 본래 한 물건이 있는 것으로 변신했다. 그런데 그 물건이, 물건 아닌 것의 총화(總和)에 기여하는 수단으로 쓰이기도 한다. 그렇게 옹/옹으로 쓰이다가 원형(동그라미)으로 분절되는 것이다. 혹은 몸/몲으로 쓰이다가 사각(四角)으로 외떨어져 나가는 것이다.

작고 귀여운 도마뱀붙이를 오랜만에 보았다. 역시 산수 좋고 공기 좋은 곳에서 살 일이다. 즉시 도마뱀 옹(翁)과 통하기로 마음먹었다. 통해서 안 좋은 인연이 있고, 통해서 좋은 인연이 있을 게다. 도마뱀이 내 손과 접촉을 하는 순간, 꼬리를 자르고 바쁘게 내빼었다. 그와 나는 안 좋은 인연이라 가히 자부할 수 있다.

그런데 곰곰이 생각해보면 도마뱀과 그리 안 좋은 사이도 아니다. 도마뱀은 꼬리의 자율 신경적 미세요동을 통해, 타 개체의 생각 연쇄 작용이라는 기특한 일을 해주기 때문이다. 그러함으로 부단히 생명의 핵심에 한 발짝 다가설 수 있게 한다. 상황이 이러하니 어찌 도마뱀 옹(翁)의 선각자(先覺者)적 식견에 감탄하지 않을 수 있겠는가?

도마뱀은 무엇을 끊어내야만 살 수 있다는, 본질적 각성을 하고 있는 것이다. 산해진미 모두를 맛보다가는, 육덕(肉德)진 몸으로 고스란히 돌아오는 것이다. 산해진미를 단박에 끊어 소식(小食) 건강으로 생명연장의 꿈을 실현하는 것처럼, 도마뱀도 살기 위해 몸을 둘로 나누는 고통을 감내하는 것일 게다.

오늘도 수없이 많은 도마뱀이 꼬리와 이별하고 있다. 그러함으로 살아내고 있다. 옹/옹과 몸/뭄의 정신 시전하기 바쁜 그들과 교감할 수 있는, 호젓한 밤의 소리와 향기로운 바람이 그래서 살뜰하다. 꼬리로 초승달을 가리키다가 초승달이 되어버린 꼬리가 그래서 알뜰하다. 본의 아니게 건드려져, 몸의 분절을 겪어내야 했던 도마뱀 옹(翁)의 노고로움을 기리며….

# '김관조' 군(君)과 점심(點心)하기

세상은 내용물에 관심을 두지 않는다. 내용보단 포장에 열을 올리는 시대적 관점에 적용하면서 부합하는 행동을 해야 현명하다고 칭송받는 것이다. 그러함으로 내용과 나와는 상관없어진다. 포장에 자아를 투사해보지만, 껍데기는 껍데기일 뿐⋯. 내용물이 외로워 소리도 지르고, 실없이 웃어도 보고, 앉았다 일어났다 주의를 끌려 안간힘을 써도, 내 관심 밖인 걸 어쩌하겠는가?

그런데 실은 내 속정(情)의 80%가 내용에 있음을 고백해야겠다. 짐짓 포장에게 너스레를 떨며 네가 최고라고 속없는 이야기를 해야만 포장이 내용을 질투하지 않기 때문이다. 포장과 내용을 중재하느라 바쁜 '나'도 있다. 포장의 나, 내용의 나, 그것을 바라보는 나, 김포장·김내용·김관조 3자가 대면하며 온종일 입씨름을 하니 심심할 틈이 없다.

기실 심심할 틈이 없다는 것은 이제야 얘기지만 거짓말이다. 사람들은 '김포장'에게만 관심이 있다. '김내용'은 대략 1% 정도의 사람에게라도 관심을 끈다. 그러나 '김관조'는 아무도 찾지 않는다. 그러하여 '김관조'는 '김포장'과 '김내용' 간 분쟁을 조정해주는 법률가적 업무로 무한 셔틀(shuttle) 한다. 적잖이 무료할 것이다.

그러니 나라도 '김관조' 군(君)에게 관심과 정리(情理)를 쏟을 수밖에…. 소원(疏遠)한 세상에 마음 적적할 그와 술 한 잔 기울여줘야 할 밖에…. 고립무원의 'busyness 동산'에서 살아가는 그에게, 조그만 추억 선물이나마 마련해줘야 할 밖에….

하루가 눈 깜박할 새 지나간다. 시간은 갈수록 축지법을 쓴다. 제주의 밤하늘과 별, 그리고 한치잡이 어선 등불을 바라보며, "인생 꼬이네."라고 투덜거리던 철 지난 기억을 떠올렸다. 김관조 군에게 좋은 선물이 될 수 있을 텐데. 예전 일상이라는 이름의 기억을 잘만 가공하면 추억으로 전환시킬 수 있기 때문일 게다. 기억의 '추억 코스프레'야 누워서 떡 먹으며, 땅 짚고 헤엄치기가 아니겠는가?

변환 방법은 간단하다. 반복적이고 의미 없는 일상을 비연속적이며 의미 있는 것으로 바꾸는 것이다. 누가 그렇게 해주지? 시간이 해결해주는 것이다. 이 얼마나 간단한가? 흐르는 시간에 몸을 맡기면 자연히 기억을 추억으로 만들어준다니, 감나무 밑에 누워있으매 홍시가 스스로 입을 찾아들어 올 일이다.

오래된 글이나 편지를 모으는 습관 덕에, 다양한 기억을 객관물로 간직할 수 있다는 것은 '김관조' 군에게 좋은 소식이다. 묵은 글들은 과거의 열정과 소중했던 사람을 회상케 한다. 또한, 과거·현재·미래 삼세(三世)의 고민 지점을 일깨우며 삶의 맥락을 만들어낸다. History가 되는 것이다. 인생 역정의 긴 호흡에서, 현재 위상을 평가하고 삶의 방향과 의미를 줄 수 있는 것이다.

그렇게 '김관조'군으로 하여금 희뿌연 미래를 밥심으로 삼고, 희미한 추억을 술안주로 꺼낼 수 있게 도와주었다. 점심때가 되었다. 비도 내리고 하여, 그와 함께 들 지짐이와 막걸리를 준비했다.

"오늘 점심(點心)은 출출하지?"

"수많았던 점심(點心) 중 오늘 한 물건 보았습니다."

"무엇을 보았는가?"

"나무에 꿰어진 통돼지 바비큐를 보았습니다."

"또?"

"빨랫줄에 매달려 있는 도넛을 보았습니다."

"또?"

"시공복합체(時空複合體) 주(酒)를 통째로 들이키고 있는 한 사나이도 보았습니다."

"무엇이 드나들든가?"

"티끌 2개와 거울입니다."

"거울상 이성질체인가?"

"아무것도 없었습니다."

"술이나 마시게."

# 뫼르소 단상

　뫼르소는 뫼르소가 되고 싶어 된 것이 아니다. 타자와 자아의 의지적 결합으로 탄생한 것이다. 그가 세상을 호출했지만, 세상은 그를 부르지 않았다. 뫼르소의 삶에 대한 애착은 죽음으로부터 비롯되었다. 죽음과 더불어 살아가는 순간, 역설적으로 삶의 충만함을 배웠던 것이다. 삶은 그렇게 다가오는 것이다.

　만남이란 얼마나 소중한 것인가? 매일 이별하며 살고, 매일 만나며 사는 우리네 인생…. 그 속에서의 내밀한 만남은 전 생애를 통틀어 몇 번이나 될까? 한 번이라도 통할 수 있는 사람을 만난다는 것은 억겁의 좋은 인연 때문이리라.

순간순간 타자를 만들어내는 것은 전술적으로 상당한 효용을 가진다. 왜냐하면, 자아를 드높여 주기 때문이다. 관계를 통해 자아를 드높이는 행위야말로…, 인(人) 등정의 솔직한 '이기적 유전자'적 부름이 아니겠는가?

'제이콥 브로노우스키'는 인간다움을 만족의 지연에서 찾았지만…, 어떤 의미에선 만족의 즉시적 충족이 더 중요한 것이 아니겠는가? 힉스장에서 자유롭게 철부지처럼 놀던 입자는 그렇게 놀다 가는 것이 중요한 것이다. 철부지라고 '나'를 객관화하는 순간 '아차'…. 지옥으로 가는 특급 열차!

그렇다고 철부지로 살아가는 것이 마냥 좋은 것은 아니다. 문뜩 고개를 들어 바깥을 쳐다보매, 세상의 모든 칼끝이 그를 향해 있을 수 있다. 이래도 문제고 저래도 문제인 것이다. 혹은 그래서 문제이지 않을 수 있고, 저래서 문제이지 않을 수 있을 것이다.

힉스장 안에서 입자는 질량을 가진다. 관계망 안에서 인(人)은 존재 의미가 있는 것이다. 힉스장이 없는 입자는 무의미하다. 언어라는 프레임이 없는 인간이 무의미한 것과 일맥으로 상통하는 것이다. 입자가 좌충우돌하며 자아의 '경계 영역'을 형성하는 것이다.

그리 영역 표시하며 인(人)은 무엇으로 사는가 고민하는 것이다. 입자가 입자 고민만 해봐야 답이 나오지 않는 것이다. 그런 관계망 안에서 포섭당하고 포섭하고 사는 것이 인생일 게다. 갑을 관계 논하며 우주적 지평을 거니는 것이다. 뫼르소의 마음은 안드로메다로 향하고 있다.

관계의 에너지를 틀어쥐고 있는 존재들이 있다. 외부 에너지를 세력을 통해 끌어들이고 상징화한 인물들이 있다. 그들이 갑이다. 실시간으로 세계와 소통하며, 인(人)의 등정을 넘어서 인간(人間)등정을 완성하는 사람이 있다. 이들의 전략적 '을' 포지셔닝은, '갑'의 상징에 다름없다. 만족의 지연과 즉시적 충족을 절묘한 예술적 줄타기로 승화시키는 심미안을 가진 이들이다.

그들이 framing의 선구자이며, 실시간 갑으로 positioning 하는 예술가들이다. 물론, 이방인이 필요할 때가 있다. 다른 사람 간의 관계를 돈독하게 해주는 반작용의 핵이 될 수 있기 때문이다. 하지만 불청객은 관계망 안에서 '갑'의 지위를 획득하지 못한다. 그냥 자위적으로 '갑'상(賞)을 본인 수여하는 것뿐이다.

이방인은 실지로 '을'의 포지션을 견디다 못해 내부적으로 침잠하여, 아무도 인정하지 않는 '갑'의 위상을 획득하는 것이다. 혹은 누구나 인정할 수밖에 없는 역사상 최고의 '갑'짱이 될 수도 있겠다. 그렇게 한 송이 꽃으로 장렬하게 산화해간다. 다른 꽃들 간 반작용적 구심점이라니..... 뫼르소 한 송이 꽃으로 의미 있게 살다 가다.

# 칙칙폭폭

저는 어려서 기관지 천식이 있었습니다. 감기에 한 번 걸렸다 치면 밤새 숨쉬기가 곤란했습니다. 당시만 해도 지금은 흔한 기관지 확장제를 접해볼 기회도 없었고, 그냥 온몸으로 버티는 겁니다. 이 유년기성 천식이란 놈이 희한한 것은, 밤 12시 정도면 증상이 생겨 그다음 날 동틀 무렵이 되면 증상이 사라진다는 겁니다.

완전히 누우면 호흡이 힘들기 때문에 비스듬히 앉아있는 상태가 제일

좋습니다. 부모님께서 요와 이불을 준비해서 등 뒤에 받쳐 놓습니다. 그렇게 7~8시간을 기관지와 씨름을 하는 거죠. 부모님이 걱정스러운 눈길로 새벽 내내 곁을 지켜주십니다. 형광등 불빛은 깜빡깜빡, 기관지 숨소리는 쌔액쌔액, 새벽 공기의 무거움을 가릅니다.

기관지 덕에 등, 가슴 근육이 뻣뻣하게 굳어옵니다. 폐를 많이 확장해야 좁아진 기관지 내로 적은 양이나마 공기가 들어올 수 있기 때문입니다. 기관지와 일전을 벌이다 보면, 어느덧 벌겋게 동이 터옵니다. 그러면 신기하게 숨쉬기가 점차 편해집니다. 그때의 희열은 느껴본 분들만 압니다.

시커먼 새벽의 어둠과 더불어 없어질 것 같지 않던 고통에서 해방되어, 비로소 평온함과 자족감이 몰려듭니다. "아! 내가 버텨냈구나. 밝게 빛나는 아침 해가 나를 구해주었구나." 스스로가 자랑스러워집니다. 세상이 아름다워 보입니다. 숨을 편하게 쉰다는 것이 얼마나 행복한 일인지 알게 됩니다.

사람이 육체적으로 고통을 받으면, 그 고통 외에 일절 다른 생각이 들지가 않습니다. 오로지 그 고통만 사라지면 정말 행복할 수 있을 것 같습니다. 그러나 그런 행복감도 잠시…. 방학숙제 해야 하는데, 일기도 써야 하는데, 어린이 대공원에 놀러 가자고 엄마에게 졸랐는데, 옆 동네 숙진이는 요번 학기말 시험에서 올 100이라는데, 뒷집 종태는 남산타워에 놀러 간다는데, 아랫집 태원이는 강아지도 키운다는데, 보경이네는 크리스마스 때 근사한 종합 과자 선물세트 준다는데, 아랫동네 원기에게 구슬 30개를 잃었는데….

삶이란 것은 아무리 생각해봐도 욕망의 무한궤도 같습니다. 욕망은 발산과 폭증의 원리를 가집니다. (하나 받고 하나 더, 이것만이라는 욕망)과 (행복)이 비례관계면 아무 걱정 없이 살 수 있습니다. 그런데 문제는 반비례 관계에 가깝다는 것이죠. 요사이 힐링을 강조하는 책과 영상물이 넘쳐납니다. 탐욕을 버리는 것이 행복과 밀접한 연관이 있다는 것이 그 핵심일 겁니다. 어떻게 하면 욕망의 무한궤도를 탈출할 수 있을까?

스티븐 코비의 『성공하는 사람들의 7가지 습관』에 '소중한 것부터 먼저 하라'는 chapter가 있습니다. 소중한 활동을 결정하는 2가지, 긴급성과 중요성이라는 x/y factor가 소개됩니다.
- 제1상한: 긴급하면서 중요함, 제2상한: 긴급하지는 않되 중요함, 제3상한: 긴급하되 중요하지는 않음, 제4상한: 긴급하지도 중요하지도 않음.

코비의 요는 "긴급하지 않되 중요한 일을 하라."입니다. 현대인은 긴급은 하되 중요하지 않은, 무가치한 일로 허송세월하는 경우가 많다는 것입니다. 긴급하고 중요한 일이야 누구나 다하는 일이겠지만, 긴급하지 않은 중요한 일이 우선순위에서 밀리는 것에 대한 안타까움을 이야기하는 게 아닐까요?

이런 이야기를 들은 이상 저부터도 '가장' 긴급하지 않으면서 중요한 일이 무엇인가 고민이 들지 않을 수 없습니다. 뭐지? 뭐지? 인생 일대사 최고의 사건은 무엇이지? 탄생과 죽음이 아니겠느냐는 생각이 드는 겁니다. 잘 태어나, 잘 살다, 잘 가는 것만큼 중요한 것이 어디 있겠습니까?

'알랭 드 보통'은 죽음과 밀접하게 공존·소통할 수 있는 사람이야말로 역설적으로 하루를 생생하게 살아낼 수 있다는 이야기를 했습니다. 스티브 잡스는 17살 때 '매일매일을 죽을 것처럼 산다면'이라는 경구가 삶의 나침반이 되었다는 이야기를 했습니다. 싸이는 「never say good-bye」라는 노래에서 "나의 남은 날 중 오늘이 가장 젊기에…,"라는 랩을 읊조렸습니다.

유년기성 기관지 천식은 그렇게 사춘기가 될 무렵 씻은 듯 사라졌습니다. 초등학교 6학년까지 무던히도 고생했으니 "너의 남은 날 중 가장 젊은 오늘에 충실하려무나."라는 교훈을 남겨준 것이 아닌가 합니다. 그 럼에도, 여직 정신 못 차리고 허송세월하는 '내'가, '나의 남은 날 중 가장 젊은 날'에 미안함을 전합니다. '나'의 탐욕 칙칙폭폭 기관차에 브레이크 를 걸어줄 수 있으리라는 바람에, 시답지 않은 글 하나 남깁니다. 미래의 '나의 남은 날 중 가장 젊은 날'이 반가워할 것 같습니다.

# Free pass

　　동네 뒷동산에 올랐습니다. 눈(雪)꽃이 피었더군요. 온통 흰 밭입니다. 나뭇가지도 흙도 바위도 철봉도 흰 천지입니다. 그 덕에 소음이 차단되어 사위(四圍)가 고요합니다. 공기가 무겁게 느껴집니다. 엊그제 진눈이 날리더니, 진눈깨비가 접착제 역할을 했습니다. 싸락눈·함박눈이 조용하게 나뭇가지를 미끄러져, 흙으로 돌아가려는 것을 진눈깨비가 붙잡습니다.

'눈꽃'이란 performance는 단순히 눈과 나뭇가지의 결합으로 이루어지는 것이 아닙니다. '진눈깨비'라는 접착제가 필요했던 것이죠. 흰 눈빛에 눈(目)이 시려집니다. 눈을 감습니다. 그런데 눈이 시리다는 것은 순전히 핑계입니다. 눈빛으로 눈(雪)을 희롱하기 싫어서입니다. 계속 바라보고 있자니 겸연쩍어 그렇습니다.

흔히 눈을 부릅뜨면 세상이 더 잘 보이고 세세한 분석이 가능하다고 생각합니다. 그것이 우리를 똑똑하게 만든다고 생각합니다. 천만에요. 가만히 눈을 감아보면 세상에 민감해집니다. 오히려 눈을 감음으로써 세상과 가까이 호흡하며, 오감에 의한 정밀분석 가능하게 됩니다. 그러함으로 본질에 가까워지기 십상입니다. 이것이야말로 '善'으로 통하는 free pass인가요? 선문(善門)을 통과할 수 있는 통행료가 되는가요?

라일락 향기 가득한 봄, 비 온 뒤 맑은 여름 흙 내음, 낙엽 지는 가을 하늘의 처연함, 소복소복 하얀 겨울 소리…, 이 모든 것이 오감으로 스며듭니다. 시각 정보 처리량이 뇌에서 처리하는 전체 정보 총량의 80% 이상을 담당하고 있다는 것은 이미 식상하리만치 잘 알려져 있습니다. 기껏 육감 중의 하나밖에 안 되는 '시각'이란 것에 연연하여 뇌를 한[一] 방향으로만 혹사시켜서야 되겠는가라는 생각이 드는 겁니다.

육감을 키워내야 합니다. 직관을 키워내야 합니다. 직관은 복잡계 (complex systems)에서 이야기하는 혼돈(chaos)의 가장자리에 있습니다. 카오스의 경계영역 내에서 예측 가능한 결과적 끌개(attractor)를 형성해내는 것이 종합적 직관입니다. 장기간의 숙고와 학습이라는 내재적 요인·미시적 섭동이라는 energy trigger가 만나, 바람직한 의사결정을 내리게 됩니다.

그런 직관을 불가(佛家)적으로 연관 짓는다면, '색성향미촉법'의 모든 것이 구족되었을 때 얻을 수 있는 결과물이라고 생각합니다. 도대체 그런 '직관'이란 무엇이냐? 현상에 대한 본질적 통찰입니다. 현상에 대해 에누리없이 판단하고 전체적 시야로 조망하는 것입니다. 시각·소리·냄새·맛·감촉·규율, 이 모든 것이 맑아지면 비로소 제대로 된 직관적 판단의 준비가 갖춰집니다.

세상에 대한 통찰은 종국적으로 세상에 대한 사랑으로 이어지며, 이른바 '대승'하는 것입니다. 흔히 엉겁결에 "사심 없이 행동한다."라는 표현을 씁니다. 역으로 생각하면 사심 없이 행동하는 것에 대한 존경의 발로라고 봅니다. 우리네 조급증이 불러오는 '사심 있는 행동'에 대한 반작용이 '아가페적 사랑' 아니겠나요?

미학적으로 '무엇이 아름답다'라는 것은 '통함'입니다. 영원한 존재는 없습니다. 관계만이 영원한 것이죠. DNA도 그런 관계적 영원성의 한 맥락입니다. 복길이의 형, 영희의 아버지, 슈워츠네거의 선배라는 관계망 안에서 '존재'는 의미를 가집니다. 존재 자체로는 존재를 규명 못 합니다. 아이러니죠. '측은지심'의 씨줄과 '허무감'의 날줄 그리고 '시간'이라는 베틀로 직물을 짭니다. 그러하여 얻어지는 것이 '소통 모시'입니다. '한산 모시'는 저리가라입니다. 통하여 시원하기도 하고 아름답습니다.

가끔 집 근처에 있는 제방 길을 산책합니다. 짙푸른 가을 하늘, 소슬한 바람 소리에 기운이 청신해집니다. 노을빛으로 채색된 코스모스와 울긋불긋 화려한 단풍이 마음자리를 갓맑게 물들입니다. 서걱서걱 눈 소리가 소리 없는 무거움으로 난장을 깨끗하게 합니다.

검정 나뭇가지에 피어난 눈꽃을 보고 있노라면, '넌 누군데 이렇게 내 마음을 빼앗느냐?' 이런 상념에 빠집니다. '나'를 잊게 만드는 모든 것들이 '너는 누구냐?' 라고 묻습니다. 그런데 대답을 할 수 없습니다. 모르겠는 걸 어쩌겠습니까? 쑥스러워 눈을 감을 뿐입니다.

겸연쩍은 미소 하나에 노잣돈이 나옵니다. 세상은 '善門'을 통과하는 사람들에게 통행료를 받습니다. 노잣돈을 건네주고 善門을 통과합니다.

이제 남은 일은, 온통 흰 눈 덮인 길로 휘적휘적 발걸음을 재촉하는 겁니다. 뒤돌아보매 눈길에 내 발자국이 있습니다. 달빛이 희뿌연 합니다.

# 어른·죽음·삶

소위 '어른'이란 것이 무엇입니까? 시간이 지날수록 속세의 껍데기를 부풀립니다. 거기에 '내'가 갇힙니다. 어렸을 적 나와 지금의 나는 본질적으로 차이가 없습니다. 그런데 이 연륜의 껍질이 점점 두꺼워지고 딱딱해집니다. 맑고 향기로운 속살을 볼 수 있었던 투명한 껍질이, 호화로운 불투명 색으로 덧칠됩니다. 그렇게 어린 내가 박제되어 버립니다. 이렇게 되면 '내' 내면에서 어떤 소리가 나오는지 종국적으로 굉장히 듣기 힘들어지게 되고, 무의식적 소망과 욕구들이 왜곡되어 현실로 나타납니다. 해맑은 동심에 '이성'이란 구둣발로 '존재'의 본질을 짓밟는 자를 일컬어, 이른바 '이성적 어른'이라 합니다.

본성이 무슨 죄입니까? 한낱 '이성'때문에 인간 본연의 매력을 잃어버린다는 것이 말이 됩니까? 매력이라는 것은 야누스에서 기인합니다. 무엇인가 의외적인 것…. 생긴 것과 다르게 노는 것…. 생물학적으로는 남성(하는 짓이 마초과(科)의 껍데기를 가진 사람)도 저변의 여성성으로 오롯이 세상을 품는 자가 있습니다. 반면, 생물학적으로 여성(하는 짓이 현모양처과(科)의 껍데기를 가진 사람)도 저변의 남성성으로 능히 세상을 호령하는 자가 있습니다.

중요한 것은 아이와 같은 천진함·해맑음입니다. 해맑음이란 어렸을 때의 나·지금의 나·앞으로의 '나'가 본질적으로 같음을 알고, 맑음 그대로 행동하는 것입니다. 고즈넉한 사찰에서 '풍경(風磬)'이 소리를 냅니다. 경내의 가을빛 노을 풍경(風景)이 바람과 더불어 '풍경(風磬)'을 울립니다. 풍경(風磬)은 과거·현재·미래에도, 울림의 기능에 충실하다 스러져 갈 겁니다. 그것이 해맑음입니다.

해맑음만큼 중요한 것이 있습니다. 죽음과 삶의 오묘한 공존이 그것입니다. 『죽음이란 무엇인가』라는 책에서 '셸리 케이건'은 물질주의자적 죽음을 이야기합니다. 영혼·육체의 이원론적 구분 짓기에 대한 무의미함에 관해 말입니다. 인간은 오감을 통해 세계와 소통합니다. 소통을 통해 존재감을 강화하죠. '나'는 '너' 혹은 '우리'에 의해 규정되는 것입니다. '관계망'안에서 진정한 인간적 존엄을 찾을 수 있다는 것입니다.

'셔윈 B. 눌랜드'는 『사람은 어떻게 죽는가?』에서 외과의사의 눈으로 지켜본 수많은 형태의 죽음에 대해 논합니다. 심장마비·사고·암·뇌출혈·자살·에이즈·안락사·자연사 등 무수히 많은 형태의 죽음에서, 인간이 자유로울 수 없다는 것이죠. 그런데 현대사회는 죽음과 공존하지 않습니다. 죽음을 객체화합니다. 죽음은 나와 전혀 무관한 그런 별천지의 일인 것처럼 취급합니다.

대부분 사람들에게 '돌연사'는 해괴망측한 인생 최악의 일입니다. 그래서 그 대척에 positioning 하고 있는 '자연사(自然死)'를 지고의 선으로 생각합니다. 지당합니다. 예측 불가능한 죽음이란 것의 공포는 죽음 이상입니다. 죽음이란 것보다 예측 불가능성에 대한 무서움이 더 클 수도 있겠죠. 그래서 다들 건강해지려 노력합니다. 예측 가능한 죽음을 위해 말이죠.

그런데 건강에 대한 그런 죽기 살기적 노력의 대가가 '죽음' 밖에 더하다니…. 억울합니다. 억울해도 어쩌겠나요? 어차피 살다 가는 것이 인생인 것을…. 머리에 꽃을 꽂고 다닐 것이 아니라면 죽음과 조화롭게 공존하는 방법을 찾아야겠습니다. 삶 속에서 죽음과 공존한다는 것은, 결국 의미있는 삶과 죽음이란 무엇인가라는 본질적 질문과 마주하는 것입니다. 피하지 않고 정면으로 응시하는 것입니다. 무한할 수 없는 유한재로서의 운명을 자각한다면 순간을 소중하게 생각하는 것 외에 뭐가 더 있겠나요?

죽음과 삶을 자유자재로 가지고 놀 줄 아는 사람은 흔치 않습니다. 죽어서 살기도 하고 살아서 죽기도 합니다. 찰나라는 삶의 궁극이 결국 죽음이라면 허무하기도 하겠지만, 역설적으로 하루를 생생하게 살아내는 원동력이 됩니다. 90 먹은 할아버지가 죽음을 모르고 사는 것만큼 멋진 것도 없고, 30 먹은 젊은이가 죽음을 알고 사는 것만큼 멋진 것도 없습니다.

각자에게 닥친 위기에 매몰되어 자신을 잃어버리지 않게 하는 것, 내가 죽어야 할 때와 살아야 할 때를 제대로 구분하는 사람이 대접받는 세상이 되게 하는 것…. 이 시대의 어른은 그런 일을 할 것이고, 그리해야 한다고 생각합니다. 그래서 참다운 어른이겠죠. 삶과 죽음은 그렇게 우리의 생활 속에서 공존하고 있었음을 넌지시 던져주던, 동·서양의 선지식 어른에게 경이와 감사의 마음을 전합니다.

# 말(言)과 존재(存在)

  흔히 공기를 통해 성대의 진동을 느끼고 그것을 말(의사전달)이라 이야기한다. 말이라는 것이 실체가 있다고 착각하곤 한다. 그 반대이다. 우주의 기본언어는 침묵이다. 절대 고독 속에 침잠하는 존엄이 바로 의사전달이다. 우주는 기본이 진공이다. 공기·산소에 의지해 살고 있는 지구 생태계 자체가 극히 이례적인 환경적 요인이다. 그래서 공기의 파동에 의미를 실어 보내는 말도 상당히 예외적인 의사소통 방식일 수 있는 것이다.

  소위 '말(言)'이라는 것을 해서 의견교환을 하고 있다고 생각하지만, 실은 행간으로 소통하는 것이다. 말과 말 사이의 침묵으로 적극적인 소통을 하고 있는 것이다. 말이라고 하는 '있음'은 결국 '없음'을 드러내기 위한 일방편일 뿐이다.

  그렇다고 해서 말 자체가 또 있음의 화신은 아니다. 말을 미분하면 결국은 없음으로 귀결된다. 결국, 있음이 없음이고 없음이 있음이고, 있음은 있음이고 없음은 없음이다. 그러한 말을 적분하면 도대체 무엇이 될까? 말의 시공간 연속체적 궤적은 무엇을 그리고 있을까? 말을 통한 의사소통의 의미는 무엇일까? 이심전심은 왜 이루어져야 하는가? 나의 의도를 상대에게 관철하기 위한 노력의 착종은 무엇일까?

무엇을 하기 위해 의사소통을 하는 것이 아니다. 이심전심을 위해 그 무엇을 하는 것이다. 혹은 이심전심에 의하여 그 무엇을 하는 것이다. 소통이 목적이란 것이다. 바나나 나무, 영철이, 물, 뜨거운 햇볕을 상상해 보자. 바나나 나무가 바짝 타들어 가 '영철'이가 물을 준다. 주체를 영철이로 볼 수 있다. 반면, 바나나 나무가 햇볕에 말라 생기를 일어가며 "영철아! 나 이러다가 너희 가족에게 맛있는 바나나 못 줄 것 같아. 물 좀 주지 않으련?"이라는 신호를 보낸 것일 수도 있다. 바나나 나무가 주체일 수 있는 것이다. 그런데 실은 둘의 문제가 아니었다. 중요한 것은 물이 왔다갔다한 것이다. 그들의 의도가 아니라 물의 '이심전심'이었던 것이다.

1차원부터 11차원까지 자유롭게 넘나드는 graviton(중력자)이, 열린 끈(open strings) 신세로 시공간 4차원에 부착되어 살고 있는 인간에게 미치는 영향은 또한 어떠한가? 중력이야말로 닫힌 끈(closed strings)으로서, 모든 차원에서 생생하게 살아있는 근원적 존재가 아니겠는가? 그런 graviton이 물질계에서만 그 위력을 발휘하는 것일까? 인간이 물질인 동시에 비 물질이란 것을 간단하게 떠올릴 수 있다면, 중력이 인간의 내면에 끼치는 영향, 관계라는 것이 무엇인가 궁금해지지 않을 수 없다.

중력의 본질은 끌어당김이다. '타자(他者)'와 '나' 사이의 끌어당김, 그것을 매력이라 칭하지 않는가? 그것을 존엄이라 부르지 않는가? 존재의 무거움이 모든 것을 끌어당긴다. '사르트르'가 '존재'가 '본질'에 앞선다 해서 하는 이야기가 아니다. 그 '무엇'은 '객관'으로써 은산철벽처럼 서 있다. '객관'을 객관화하는 것은 인간의 주관이다. 주관이 개입함으로써 객관화가 가능해진다는 것은 '플라톤'이 이야기했던 동굴 속의 그림자와 일맥상통한다. 이데아의 허상에 불과한 것이 현실이라는 것이다.

'사르트르'의 '존재'에 대해 의문이 생겼다. 사르트르의 '존재'는 그냥 '있는 것'과 '있는 것의 관계'가 뒤섞여있다. 서양 물리학은 환원주의의 극단으로 몰아붙여, 반복 재현 가능한 과학적 방법으로 여러 미립자를 발견했다. 환원주의는 타자들과의 관계에서 파생하는 것이 아니며, 관계와 독립적이고 절대적인 그 무엇에서 기인한다. 계속적으로 나누고 나누고 하다 보면, 쪼갤 수 없는 그 무엇이 있다는 것이다.

실제 관계(關係)에 관한 학문의 원조는 유·불·도교 철학이다. 그것이 불교의 연기법이며, 성리학의 이기일원론이며, 장자의 만물일원론이다. 관계망에 의해 우리는 지구인, 동아시아인, 한국인, 서울시민, 옆집 아저씨, 윗집 아줌마, 동생의 오빠, 아무개의 엄마, 아무개의 아빠로 존재 규정되는 것이다. 사르트르는 서양 환원주의와 동양 관계철학을 교접하여, 동·서양 화합의 용처(用處)로 마름 한 것일까?

'큰 존재'가 있다. 은산철벽과 같은 '대단히 무거운 존재적 존엄'은 엄청난 중력을 만들어낸다. 그 항성의 중력이 지난한 삶을 살아가는 '행성'인 동시대인들의 뒤통수를 당긴다. 그리고 항성은 마지막 불꽃을 태우고 중성자별이 된다. super-nova가 된다. 그리하여 블랙홀로 이어진다. '사건 지평선(event horizon)'에 가려 보이지 않는, 블랙홀의 무지막지한 '깨어있는' 인력이 '관성의 힘'에 굴복하고 있던 '행성'들의 불가피한 궤도수정을 요구한다. 그리하여 개인들에게 '인간의 존엄이란 무엇인가?'라는 깊은 성찰을 하게 한다.

'Paul Dirak'은 전자의 바다에서 한 놈의 전자가 빠져버린 자리가 곧 양전자라고 이야기했다. 결국, 양은 음에서 도출된다. 양과 음은 절대적 상태에서의 가감(加減)이 아니다. 둘은 그저 마주치면 '펑' 소리와 함께 '절대 우주'로 돌아가는 상대적 요철일 뿐이다.

'나'라는 플러스와 '너'라는 마이너스는 상대적 상태일 뿐이다. 본질
은 같다. 우리라는 바다에서 '너'라는 놈의 음전하가 빠져버린 실체가 '
나'라는 놈의 양전하일 뿐이다. 마음속에서 '너'가 치고 빠지면서 '아상(
我相))'을 구성하지만, 본질적으로 '아상'은 실체가 없는 것이다. 지수화
풍이 모여서 일시적으로 구성하고 있는 나의 몸뚱이란 것에 대한 환상
만이, 존재감이라는 허울을 생성하게 하여 진정한 의미의 '존엄'을 망각
하게 한다. 진정 존엄은 '우리'라는 바다이다.

말은 결국 침묵에서 유도되었다. 침묵이라는 절대 '고요'의 바다에서,
한 놈의 '고요'가 빠져버린 자리가 결국 '말'이다. 그렇다고 말과 침묵은
고요라는 절대적 상태에서의 가감이 아니다. 둘은 그저 마주치면 '펑' 소
리와 함께 '절대 우주'로 돌아가는 상대적 상태일 뿐이다. 우리가 돌아가
야 할 곳은 절대 고요의 그 자리뿐이다. 말과 침묵이 부딪히면 '펑' 소리
와 함께, 절대 '무(無)'의 원형(原形)으로 회귀한다.

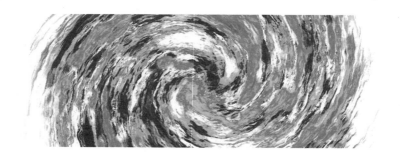

# Chaos & Collective Intelligence

복잡계라는 학문이 있습니다. 물리학이나 세계가 돌아가는 작동원리에 대해 관심 있는 분들이라면 한 번쯤 호기심을 가져봤을 만한 분야입니다. 그중 적합도 지형과 카오스의 경계조건에서의 지수함수 적(的)수렴 진화에 관한 내용이 소개됩니다.

요는 집단의 적합도 지형에서 가장 높은 지점을 획득하기 위해서는, 즉 최정점의 진화 형태로 발전해 나가기 위해서는 끊임없는 외부적 간섭·섭동(혹은 에너지)에 노출되어야 합니다. 이것을 어떤 인터넷 토론 사이트의 특정 주제로 예를 들어보겠습니다. 외부적 간섭으로 표현되는 에너지는, 특정사이트에 글을 쓰며 참여하는 사람들이라고 볼 수 있습니다.

주제에 접근하는 의도 혹은 방법에 따라, 글을 몇 가지 카테고리로 구분할 수 있을 겁니다. 이 카테고리를 '매개변수'라는 단어로 치환하겠습니다. 복잡계(界)에서는 매개변수가 너무 많으면 예측 불가능한, 완전한 혼돈에 빠지게 됩니다. 매개변수가 너무 많은 비선형 방정식은 엉망이 되어버린다는 의미입니다. 그러나 적절한 개수의 매개 항(項)은 예측 불가능하지 않은 일정한 결과로 수렴하게 됩니다.

이제 '적합도 지형'이 나옵니다. 이는 특정 주체의 현 위치를 하나의 봉우리·계곡의 최저점·평탄한 지점 등의 산(mountain)으로 3차원적 시각화를 하는 작업입니다. 특정 지점에서 다른 지점으로의 도약은, 성공도 있을 것이고 실패도 있을 것입니다. 성공은 더 높은 봉우리로 안착한 경우이고, 실패는 지대가 낮은 골짜기로 떨어진 경우입니다.

실패보다는 성공이 낫겠지요? 그럼 성공을 위해 적합도 지형에서, 더 유리한 고지로 도약할 수 있는 방법은 무엇일까요? '내'가 있는 곳의 지형지물을 정확하게 인식하는 것으로부터 시작합니다. 지도가 필요하다는 겁니다. 그런데 지도 자체가 잘못 제작된 것이라면 어떻게 해야 할까요? 지도를 폐기해야죠. 그리고 새로 만드는 겁니다.

적합도 지형에서 가장 중요한 것은 끊임없는 환경 변화에 따른, 지형 분석과 실시간적 지도 제작입니다. 위에 언급되었던 적절한 수의 '매개 항(項)'을 통한, 카오스 경계영역에서의 끊임없는 섭동(에너지)이 필요한 겁니다. 섭동이라 함은 적절한 내·외부 간 피드백이며, 그것이 곧 에너지입니다.

자! 이제 정확한 지도가 작성되었다면 행동을 취해야겠죠. 도약해서 단번에 현재보다 높은 적합도 봉우리에 안착된다면 얼마나 좋을까요? 그러나 그것은 바늘귀에 코끼리를 통과시키는 것보다 힘든 확률입니다. 즉, 지금보다 낮은 봉우리를 거쳐, 평탄한 길을 가다, 때로는 골짜기도 굽이굽이 거쳐…, 제일 높은 봉우리에 다다를 확률이 압도적으로 높다는 이야기입니다.

카오스의 경계영역 내에 있는 섭동으로 표현되는 에너지로 몇 가지의 시뮬레이션을 거치고, 전략적 판단을 하는 일련의 부지런한 피드백 과정을 반복합니다. 이는 좋은 결과물을 빠른 시간 내에 만들어낼 확률을 높이는 유일한 방법입니다. 그리되면 카오스의 경계영역으로 traction 되고, 여기서 몇 가지 결과적 끌개(attractor)를 형성합니다. 그렇게 토론 사이트에서 결과적으로 생긴 attractor를, '집단 지능(collective intelligence)'으로 생각해도 괜찮은 논리적 연결고리가 생깁니다.

수직적 계층체계의 단점은 top-down 형식으로의 정보교환입니다. 이는 극소수 상층부에 권능이 집중됩니다. 인터넷이 이를 단번에 무너 뜨렸습니다. bottom-up으로의 수평적 정보교환은 다수 하층부(部)에 힘을 주었습니다. 경쟁력 있는 조직은 소수의 힘이 아니라 다수의 힘입 니다.

Bottom-Up 주체들이 지속적 제3자화에 성공한다 칩니다. 이는 매서 운 눈으로 스스로를 부단히 평가하며 까꿍 괴물로 변해가지 못하도록 채찍질하는 것입니다. 확증편향·인지부조화의 구렁텅이에서 헤어나게 해주는 겁니다. 그런 노력의 총합이 내면적 성숙을 일으킵니다. 그리하 여 어른답다는 것은, 나의 삶과 행동 속의 무의미를 삭제하고, 의미를 고 양시키려는 노력이 아닌가 합니다.

# 오직 모를 뿐

뭘 안다고 하는 것 자체가 작은 껍질에 포획된 아상이다. 그 바운더리 너머에는 다시 모름의 테두리가 쳐져 있다. 뭘 안다고 하는 것은 정확한 적용에 관해 안다는 것이다. 뭘 안다고 하는 것은 맥락적 혜안을 갖는 것 이다. 정확한 적용은 기능으로 수렴한다. 맥락적 혜안은 존재의 시간적 흐름을 의미한다. 따라서 우리가 무엇을 안다는 것은 핵심을 시간의 흐 름에 태우는 것이다. 실시간으로 심 덩어리가 일련의 시간적 흐름에 따 라 오직 모르는 정신으로 나아가다 보면, 훗날 난 대체로 뭘 아는 놈이 결과되어 있을 뿐이다.


　바나나 나무가 목이 말라 물을 먹는다. 모석이는 바나나 나무가 바짝 말라 물을 준다. 영철이는 바나나 나무와 모석이 사이에 물이 왔다갔다 하는 것을 멀찌감치서 지켜본다. 중요한 것은 물이 아닌가? 물이 왔다리 갔다리 하는 것이 핵심 아니겠는가?


　짐물, 찌또, 니노···. 짐물이 무섭단다. 상상 속의 보이지 않는 까꿍 괴물을 능가하는 짐물이 무섭단다. 그런데 그것보다 더 무서운 것이 있다. 'tongue blade'라 쓰고 '설도(舌刀)'라 부른다. 언어도단만큼 무서운 것이 어디 있으랴! 그래서 정신 바짝 차려야 한다. 정신줄 놓는 순간 설도가 여기저기 휘젓고 다니며 '관계'에 생채기를 낸다. 원래 그런 것이다. 설도에 대한 통제력은 엔트로피의 법칙을 거슬러 올라가야 한다. 보통 수고가 아니다. 그것을 놓지 않는 마음···, 바로 심(心)이다.

# 공명과 밀도

공명한다는 것을 생각해보면 무엇과 무엇이 일단 부딪힙니다. 그 무엇과 무엇이 소리를 냅니다. 그 소리의 반향과 MHz가 맞아떨어지는 무엇인가에 울림이 전파됩니다. 그 무엇과 무엇을 세상과 사람으로 치환해봅니다. 세상과 맞짱을 떠 어떤 울림을 만드는 사람이 있다고 칩니다.

세상과 맞짱을 뜨기까지는 일종의 내공이 필요하다고 생각합니다. 구석구석 먼 곳까지 퍼져 나가는 울림을 만들기 위해서는 큰 울림통이 필요하듯…, 세상과의 반응, 울림을 먼 곳의 뜨거운 가슴으로 울려내기까지는 상당한 공이 필요하다고 봅니다.

그러한 핵심 node에 해당하는 사람들이 있습니다. 그들은 그렇게 소용되기 위해 이 세상에 태어났습니다. 그리하여 그렇게 소용되고 울림을 전달하는 역할을 하고 다시 하나의 먼지로 돌아가는 것이 인생이라고 생각합니다.

무엇인가에서 무엇인가로 가르침을 준다는 것은 엔트로피의 법칙에 지나지 않습니다. 배움이란 것도 엔트로피의 법칙에 지나지 않습니다. 그냥 밀도가 높은 것에서 낮은 것으로 확산하여 갈 뿐입니다. 그것을 집단지능이라고 할 수도 있고, 사회의 변증법적 발전이라고 표현해도 무방합니다.

밀도가 높은 것의 주체가 '나 이런 사람이야, 까불지 마.' 요렇게 되는 순간 존재를 고정된 무엇으로 규정하는 오류에 빠지는 것이 아닌가 생각합니다. 밀도가 높은 것의 주체가 '밀도는 치고 빠지는 바람과도 같다. 밀도야말로 그냥 내 몸을 통과해서 그 어디론가 흘러가는 실질적인 실체야!'라고 생각하면 그것이야말로 존재를 시공 연속체적으로 합당하게 해석한 관점이 아닌가 생각합니다.

# 최재천 교수 Vs 제러미 리프킨

유러피언 드림을 비롯하여 근자에 3차 산업혁명까지 경제사상가 제러미 리프킨의 저서에서 이야기되는 핵심이 무엇이냐? 통섭적(統攝的) 사고를 하라는 것이다. 경제라고 애덤 스미스만 좇지 말고, 경영이라고 드러커만 좇지 말고, 과학이라고 아인슈타인만 좇지 말고…. 세상 만물 모두 연결 속에서, 신영복 선생이 이야기하는 관계망 속에서 의미를 찾자는 것이다. 그것이 정답이다.

시공은 직조된 직물과 같다. 씨줄과 날줄이 시간과 공간이다. 우리는 어떤 스틸 컷을 찍어놓고 그것을 존재라고 규정하는데, 이 방식 자체가 낡았다는 것이다. 인생사 동영상이란 것이다. 동영상 자체는 존재라 규정하기에는 너무 적분화된 실체이다. 결국, 그런 연결 선상(上)에서 인생의 의미를 추적해가는 과정이 중요하다는 것이다.

제러미 리프킨은 만물을 열역학의 척도로 본다. 이거 굉장히 유용한 프레임이라고 생각한다. 전체 엔트로피 총량을 단기간에 너무 무서울 정도로 늘려놓은 인간이 이제 전체 지구환경이라는 측면에서 응징을 받아야 할 시기가 무척이나 빨리 도래할 것이기에…. 전체 '지구 생물권'적인 차원으로 세상과 소통해야 살아남을 수 있다는 것이 바로 3차 산업혁명의 핵심이다. 그래서 통섭이 긴요하다. 융합이 필요하다. 환원론적 세계에서 다시 통합의 시대로 나가는 것이 세계적인 추세다. 이건 추세를 넘어 인간의 멸종이냐 아니냐를 놓고 벌이는 치킨 게임이 되어버린 것이다. 그렇기에 추세라는 단어조차 무색하다. 그냥 무조건 당위다. 그래야 살아남으니까….

그러하여 리프킨이 그렇게 유럽을 애지중지하며 유럽 사랑을 외치는 본질이 무엇인가? 유럽은 3차 산업혁명에 대한 준비를 빨리 시작했다는 것이다. 지정학적 포지션, 국가 간 구도, 사회적 인프라 등 여러 요소로 명확한 위기와 기회를 포착, 빠른 행동 개시를 보이는 유럽을, 리프킨은 무척이나 부러워하는 것이다. 그는 미국인이다. 미국인이기 때문에 당연히 미국이 그렇게 세계를 리드해 나가길 바라마지 않지만…. 그도 미국이 저녁노을처럼 지고 있는 제국이라는 것을 직감하고 있는 것이다. 그래서 미래를 유럽에서 찾고, 유럽 부르짖고 있는 게 아니겠는가?

어차피 세계는 깨어나기 시작했다. 유럽부터 깨어나기 시작했다. 같이 살아야 한다는 자각 말이다. 너와 나를 구분하는 것의 무의미함에 대해 말이다. 세계와 내가 동떨어져 있다는 망상을 심어준, 2차 산업혁명 시스템의 몰인간성에 대해 말이다. 지금의 우리에게는 1분 1초가 아깝다. 세계적 발전속도는 눈이 휘둥그레질 정도로 빠르고, 유럽은 벌써 유러피언 드림을 넘어 지구생태권적 시각으로 발전 모색하고 있는데…, 우리는 화석연료 이후에 대한 대비가 거의 전무한 실정이다. 대략 난감이다.

아, 여기서 잠깐! 리프킨이 그렇게 미국발(發) consilience 외치고 있을 때, 동북아 끝댕이에서 조용하게 과학과 인문 간 통섭의 시대를 강조하던 석학이 있었다. 그의 이름 '최재천'…. 이화여대 석좌교수인 그는 2차 산업시대 이후를 조용하고 묵직하며, 날카로운 시선으로 관조하고 있었다. 사상의 지평선을 지구생태권적 시각으로 발돋움시킬 수 있는 낭만적 과학자가 대한민국에도 존재하였던 것이다. 리프킨이 경제사상

가로서의 명성을 세계적으로 떨치고 있었다면, 최재천은 과학사상가로서 소리 없이 강한 힘을 내뿜고 있었다. 그는 국내에서 인문과 과학의 만남을 여러 저서를 통해 소개했던 장본인이자 하버드 대학교수이며, 생물학계 세계적 권위자 '에드워드 윌슨'의 제자이다.

consilience: 통섭·융합

이 영어 단어를 '통섭'이라는 한자 용어로 최초 번역하여 온 사람이 바로 최재천 교수이다. 융합 혹은 통합이라는 단어가 아니라 굳이 '통섭(統攝)'이라는 어려운 용어를 채택한 이유가 무엇이냐? 원래 통섭이란 단어는 성리학·불교에서 '큰 줄기를 잡는다. 혹은 전체를 도맡아 다스린다.'는 의미로 쓰이고 있었다. 이를 현대적으로 재고찰하여 신조어를 만든 공이 최재천 교수에게 있다. 그 철학적 의미가 무엇이냐 생각해보매, 단순히 무엇을 합친다는 것은 별로 섹시하지 않기 때문이다. 무엇과 무엇을 합쳐 더 낳은 무엇 혹은 총체적 시각을 획득하는 그 무엇으로 변증법적 발전의 의미를 내포하여야, 진정한 융합 혹은 통합의 의미가 생기는 것이다. 그런 깊은 의미까지 불어넣기 위해 최재천은 5년간의 노정을 통해 '통섭'이라는 맛깔난 단어를 오늘에 되살려낸 것이다.

최재천은 신작(新作) '다윈지능'을 통해 제일 잘난 놈이 살아남아 번식한다는 이른바 최적자생존(survival of the fittest)과 적자생존(survival of the fitter) 2가지에 관련된 우리의 오해를 이야기한다. 최적자생존은 후대에 잘못 알려진 대표적인 다윈 상식이란 것이다. 적자생존이 Darwinsm의 정수라는 것이다. '나가수'를 예로 들며 꼴찌 한 명만 도태되고 나머지는 살아남는 구조…. 그것을 적자생존이라고 이야기한다. 그러하여 생명은 필연적으로 공존·공생·공감하며 살아갈 수밖에 없으며, 그중 경쟁력이 떨어지는 소수의 개체들이 불가피하게 도태된다는 것이 다위니즘의 핵심이라는 것이다.

그렇게 저 멀리 철퍼덕 앉아 망연자실하고 있는 사람들이 있다. 뒤돌아보매 저 멀리 낙오된 사람들 소 닭 쳐다보듯 할 수 없는 게 우리네 인심이 아니던가? 초코파이 '정(情)'을 러시아에 날개 돋친 듯 팔고 있는 '精' 元祖국가로서의 전통과 체면을 생각해야 하지 않겠는가? 명색이 성리학의 정수를 꽃 피운 동방예의지국, 4단 7정, 측은지심을 쓰레기통으로 투하할 수는 없지 않겠는가? 그러니 같이 가는 수밖에…. 서로의 차이를 인정하지 않는 시혜적 동정·동감은 필요 없다. 공존·공생·공감으로 착종하는 것이다. 같이 가는 것이다. 같은 눈높이로 서로의 차이를 존중하면서….

최재천 교수의 homo symbious, 제러미 리프킨의 homo emphaticus 는 그렇게 함께 만나는 것이다. 인류 사상의 종 다양성도 결국 통섭으로 수렴 진화하는 것이다. 그리고선 보편에서 특수로 연역 하는 것이다. 결국, 다위니즘의 핵심은 이것이 아닐까? '나는 나고, 너는 너다. 그러니 나는 나답게 너는 너답게 살자. 그렇게 시작하여 나는 너가 되고 너는 내가 되자. 그러하면 결코 우린 '특공대'가 아니다. 쫄지 마! 끝~!'

# '취객'과의 이심전심

　며칠 전 아내가 운전하고 아들 녀석과 늦은 저녁을 하고 오는 길. 유턴이 아닌 곳에서 유턴을 하게 되었다. 마침 횡단보도는 파란 신호, 갑자기 20미터 전방에서 전광석화처럼 취객 한 분이 튀어나오더니 차량 보닛 부위를 주먹으로 쾅 친다. 두 눈이 분노로 이글거린다. 워낙 선팅을 짙게 한 차량이라 뒷좌석에 타고 있던 나를 발견치 못하신 듯하다. 아내는 당황하였다.

취객께서는 2가지를 항의하려 하였던 듯하다. '유턴이 아닌 곳에서 불법적으로 유턴하는 너를 응징하겠노라.' 둘째 '어디 감히, 그것도 여자가 이런 짓을 하고 있지? 내가 남자로서의 물리력과 욕설의 힘을 보여주겠노라. 나 취했거든?'

응당 취한 이는 취한 사람이 대거리해야 하는 법. 나는 뒷좌석에서 재빠르게 내렸다. 이후 취객의 수컷 위용 뽐내기를 수수방관함은 소규모 국지전의 전면전화를 의미하기 때문이다. 남(男)과 남(男)의 구역 경쟁은 원래 그렇게 살벌하고 화끈한 것이다.

뒤늦게 나를 발견한 취객께서 잠시 눈빛이 흔들리었다. 그러나 어차피 술도 취하셨겠다, 이미 벌어진 일⋯. 아내에게 큰 소리로 항의를 하며 나머지 진도를 빼신다. 난 예의 스킨십과 부드러운 어투로 취객의 분노를 가라앉힌다. 그는 신호가 빨간색으로 바뀌었는데, 그때까지도 횡단보도 중간에 서서 우리 차량을 보고    라   라 주문을 외웠다.

불현듯 나는 그에게 '충성'의 거수경례를 하였다. 그도 뻘쭘한지 오른손을 올려 '충성'의 답례를 한다. 이심전심이다. 취객과 나는 그 순간 어떤 한 장면을 연출했다. 통하면 됐지 뭐 별거 있는가? 우리는 그렇게 각자의 평온한 일상으로 돌아갔다.

# '성공'에 관하여

성공이란 것이 무엇이냐? 네이버 사전을 찾아보았다.

## 성공(成功)

[명사] 목적하는 바를 이루어냄

우리는 성공밀착형·성공지향적인 치열한 경쟁사회에서 살고 있다. 무수한 경쟁자를 패퇴시키고 '특공대'로 승리해야 하는 전장, 사방 360

도에서 무수한 화살이 쏟아지고…, 피아가 구분 안 되는 회뿌연 흙먼지를 헤치고, 단기필마적 승리를 위해 무조건적인 전진을 하고 있다.

그런데 무엇을 위해 전진하고 있는 것인지 숨 한번 고르고 생각해보자. 목적하는 바를 이루어낸다고 하는데…. 무엇을 목적하는 것인가? 이루어낸다는 것은 무엇인가? 목적이라는 명확한 목표설정과 이루어낸다는 의지의 융합이 사전적 의미의 성공이란 것이다. 그런데 이 정의상에서 중요한 2가지가 빠져있다. 이것을 논하지 않고는 결코 제대로 된 성공을 말할 수 없다. 바로 성공의 주체와 시간이다.

1시간짜리 성공도 성공이라 볼 수 있는가? 15분짜리 성공도 성공이라 볼 수 있는가? 11일짜리 성공도, 3년짜리 성공도, 23년짜리 성공도…. 그렇다면 23년짜리 성공을 거둔 주체는 '나'인가? 아님 '우리 가족'인가? '우리 회사'인가? '우리 사회'인가? '우리 국가'인가? 혹은 '나'를 제외한 '너'인가?

성공을 논하기 위해서는 4가지 바탕 위에서 이루어져야 한다. 첫째는 누가 성공했는가라는 주체의 문제, 둘째는 명확한 목표설정, 셋째는 이루어낸다는 의지의 총합, 넷째는 성공의 기간….

물론, 한 치 앞도 모르는 것이 인생…. 앞날을 대비한답시고 현재의 행복을 저당잡아 미래를 설계한다는 것도 어찌 보면 우스운 일일 수 있다. 그렇다고 미래를 없이 여겨 현세의 쾌락을  고만도 살 수 없는 노릇이고…, 대략 난감이다.

성공의 유의미성은 개체의 시간 축척 (time scale)과는 떼려야 뗄 수 없는 것이 아닐까? 하루살이는 하루만큼의 삶이 주어지고, 개미는 1년의 삶이, 강아지는 10년의 삶이, 인간은 80년[평균수명이 불과 100년 전만 해도 45세에 불과했던 영장류 인간과(科)]의 삶이 주어진다. 각 개체에게 놓인 삶의 기간 동안 유의미한 무엇을 이루어 놓는다는 것이 성공 아니겠는가?

결국은 인간사(史) 하루살이 대비 장기전(戰)이다. 그렇다면 장기전에서 성공의 보증수표는 무엇이냐? 바로 '신뢰'가 아닐까? 그렇다면 신뢰·신용과 밀접한 연관이 있는 '화폐'가 문뜩 떠오르지 않을 수 없다. 우리는 돈이 많은 사람을 소위 성공한 사람으로 등치시킨다. 그렇다면 돈이라는 것이 무엇인가? 결국 신용이 아닌가? 신용 자체가 화폐이다. 브레턴우즈 체제의 몰락과 더불어 금본위제의 종말을 고하게 되면서 화폐는 더욱 신용의 화신이 되어버렸다.

그럼 신용은 무엇이냐? 신용은 심리다. 물질이 아니다. 결국은 비물질이 물질의 근원이라는 결론에 도달한다. 세상이 돌아가는 이치를 유심히 관조해본다면 인간 자체가 신용 덩어리라는 결론이 나오지 않겠는가?

서양에서는 '인(人)', 즉 존재에 관해 많은 질문과 답을 해가는 과정이 철학적 주류를 이루었다면, 동양에서는 '간(間)'이라는 관계망에 대한 질문과 답을 찾아가는 과정이 철학사(史) 속에서 수행되었다. 존재와 관계망 중 나는 신영복 선생이 이야기했던 '간'에 가중치를 두는 해석에 상당한 공감을 한다. 존재 자체가 의미를 가지지는 않는다. 무엇과 무엇들의 관계 속에서 결국 인간이 의미를 찾는다고 보기 때문이다.

주저리주저리 전제가 길었다. 결론은 개체의 생애 주기적 시간 축척과 '간(間)'이라는 네트워크에 주목하며, 목적하는 바를 이루어내는 것을 진정한 성공이라 부를 수 있으리라. '특공대'로 쓸쓸하게 살아내는 것이 인생이긴 하지만, '인(人)'보다는 '인간(人間)' 지향적 삶이 더욱 의미가 있지 않겠는가?

## 말레나(주세페 토르나토레 감독, 모니카 벨루치 주연)

주세페 토르나토레 감독, 엔니오 모리코네 짝꿍의 2000년 작(作) 영화이다. '모니카 벨루치'가 '말레나'로 분하고, '주세페 술파로'가 '레나토'로 분했다. 때는 무솔리니 치하 이탈리아 혼란기이다. 전쟁의 비극 속에 피어난 한 떨기 인간애·전우애 이런 영화 아니다. 전쟁을 핑계 삼아 인간 군상들의 솔직한 내면을 담담하게 그린 영화이다.

영화『말레나』는 레나토의 첫사랑이자 마을 남자들의 선망이었던 '말레나'를 관음하는 레나토의 성장영화이다. 또한 '말레나'라는 외계인적 존재에 대한 영화이다. 동시에 '말레나'라는 안드로메다인을 대하는 군중 심리에 관한 영화이다.

레나토는 숨어서 '말레나'를 지켜본다. 호기심으로 가득한 사춘기 소년의 눈에 비친 성(性)이란, 쉬쉬 숨어서 일방적으로 지켜볼 수밖에 없는 관음의 추억이다. 덕분에(?) 레나토는 그녀가 처한 현실로부터 의식 행동의 변화가 이루어질 수밖에 없는 당위를 목격한 유일한 사람이 된다.

'말레나'로 인해 '레나토'는 진정으로 사람을 이해할 수 있는 내면적 성찰을 준비할 수 있었다. 우리는 한 사람의 전(全) 생애를 관통하는 흐름 속에서 그 사람의 모든 것을 이해한다는 것이 불가능함을 안다. 인식의 불완전함 때문이기도 하고, 주변 사람과 시공(時空)을 처음부터 끝까지 공유할 수 없는 한계에서 비롯될 것이다.

기껏해야 우리는 사건의 한 단면으로부터, 주변인을 이해하는 공유지 혹은 단서를 얻을 수 있다. 이때부터 추리가 들어가는 것이다. 추리소설을 쓰는데 정보량이 부족하다. 정보량의 결핍은 일관(一貫)하지 못하는 시공간의 공유도 있겠지만, (시기·질투·연민·증오·사랑·분노) 등의 감정으로부터 정보 객관화를 방해받는 것 때문이기도 하리라.

말레나 주변 남정네들은 그녀가 가진 외모의 힘에 의해 굴복당한다. 아름다운 육체와 관능적 눈빛에 자발적인 성 노예가 되는 길에 서슴지 않았다. 그녀는 본인 의지와는 무관하게, 많은 이의 관심과 시기를 한몸에 받는 동네 스타였다. 질투심에 이글거리던 여인네들에게 '말레나'는 외계인과 다를 바 없었다.

말레나는 먹고 살기 위해 창녀의 길을 선택할 수밖에 없는 궁지로 몰리지만, 지체없이 현실을 받아들인다. 이 모든 말레나의 역사의 현장에 '레나토'가 있었다. 레나토는 '말레나'의 부재로 실의에 빠진 남편에게 몰래 편지 떨궈주기로, 그녀의 진심과 근황을 전해주기까지 한다. 이렇게 착한 소년이 어디 있나? 그러하여 세상은 살아볼 만한 것인가?

'레나토' 덕에 말레나와 남편은 재회, 고향으로 돌아온다. 마을 주민들은 '안드로메다'인(人)인 줄 알았던 말레나의 너무나 인간적인 주름살 탓을 하며, 마침내 그녀를 사람으로 대접한다. 별과 달에 살던 전설의 외계인이 그제야 평범한 생활인이 되었다. 마을 주민에게 갖은 수모를 겪으며 쫓겨났던 말레나는 다시 그런 뜨악한 현실을 담담하게 받아들인다.

마지막 장면. 일방적으로 그녀를 바라보기만 했던 관음 소년 '레나토'는, '말레나'의 장바구니에서 굴러떨어진 오렌지를 주우며 처음이자 마지막 대화를 한다. 그리고는 그녀에게 마음으로 작별을 고한다. 그도 어른이라는 망망대해를 홀로 항해할 시점이 되었기 때문이다. 말레나도 깊은 슬픔의 뒷모습 속으로 그녀의 길을 떠난다. 영화음악의 거장 '엔니오 모리꼬네'가 아름다운 선율로 그녀를 배웅해준다. 그리하여 그녀의 길은 우리 마음속의 애잔함과 적요한 화학적 결합을 한다.

'레나토가 없는 말레나의 삶은 어떠했을까? 말레나의 남편과 말레나가 만나지 않았더라면 어땠을까? 오히려 더 행복한 삶을 살 수도 있지 않았을까? 과거의 아픈 기억을 지워버리고 새로운 삶을 사는데 레나토가 방해한 것은 아닐까? 한 마을에서 인간으로서의 삶을 유린당한 뼈아픈 기억과 정면으로 마주하고 살아가야 한다는 것이, 오히려 천형(天刑)이 될 수 있지 않을까? 새로운 곳에서, 새로운 이해의 힘, 진심의 힘을 가진 이와 슬프지만, 살아볼 만한 세상을 향해 두 손 꼭 잡고 일어설 기회를 소년 '레나토'가 앗아버린 것은 아닐까?

하지만 레나토 입장에서는 최선의 선택이었다. 레나토 스스로가 좋은 사람임을 확인하는 계기가 되었을 것이며, 첫 사랑과 가슴 뭉클한 담담한 이별을 할 기회까지 만들지 않았는가? 아름다운 그녀와 오렌지를 매개로 존재론적 인식이란 것이 그제서야 만들어진다. 보이지 않았던 상징적 존재가 눈앞에 현현(顯現)한 것이다. 레나토와 말레나는 그렇게 인연이라는 보이지 않는 끈으로 연결돼 있었다. '레나토'는 관음을 통한 일방적 무형의 관계에서, 끝내 유형의 관계를 낳아냈다. 그러나 그런 찰나적 소통 속에서 곧바로 헤어짐을 예비한다는 것이 아이러니했지만 말이다.

생겨먹은 대로 태어나 생겨먹은 대로 살다 가는 인생 속에서, 누군가 진심으로 이해하거나 해주는 사람을 만난다는 것은 대단한 행운이 아닐 수 없다. '말레나'가 '레나토'를 알건 모르건 중요치 않다. 이미 우리는 전지적 시점으로 말레나와 레나토가 그렇고 그런 진심의 사이였다는 것을 알기 때문이다. 주세페 토르나토레는 아름다운 영상으로, 엔니오 모리꼬네는 서정적인 음악으로 그리 말해주고 있다.

# 돌직구가 답이다

　한 번, 두 번, 세 번, 열 번을 생각해봐도 돌직구 만이 답이다. 체인지업, 커브, 슬라이더 필요 없다. 인생사 팔색조 현란한 변화구로 승부 보려 의도하면, '세상'은 타이밍, 수 싸움에서 한 수 위의 초절정 실력을 뽐낸다. 변화구 던지다가 홈런 얻어맞는다. 인생 팔푼이 될 수 있겠다.

　내 구속과 볼 끝의 힘이 중요하다. 오승환의 팔뚝 근육과 선동열의 활시위 같은 유연한 몸체의 결합이 필요하다. '우람한 팔 근육+몸 전체를 이용하는 밸런스'를 합칠 수 있는, 돌직구의 소유자만이 '세상'과 일합을 겨룰 수 있겠다.

　감동이 필요하다. 북받쳐 오르는 슬픈 기운을 끌어올려, 단박에 세상의 종심을 격파하는 내공(內功)의 돈오직구(頓悟直球)가 필요하다. 170km 종속의 꿈틀거리는 돌직구로, 세상이라는 박을 터뜨리려야 한다. 박이 터지고 그 안에 있던 내용물들이 알알이 세상으로 쏟아져 내려

온다. 씨앗이다.

　맑고 향기로운 이들이 있다. 그들이 그 씨앗 파종할 자격이 있겠다. 거름 주고 물 주고 둑 터주고 잡초 솎아내며 부지런히 결실로 낳아 낼 의무가 있다. 억울해할 것 없다. 원래 생겨 먹은 대로 사는 것이 인생. 그러하면 황혼의 고즈넉한 가을 들녘, 혈혈단신 세상과 마주하는 행운을 잡을 수 있다.

## Big- 1988년 '톰 행크스' 주연 작(作)

 

 

톰 행크스 주연의 big은 나에게 많은 추억을 가져다주는 영화다. 1956년생인 그가 만 32세에 촬영, 1988년 개봉되었던 영화이다. 벌써 24년이라는 시간이 흘러갔다. 1988년은 우리나라에도 뜻깊은 날이었다. 88올림픽 마스코트 '호돌이'와 '톰 행크스'를 데쟈뷰한다.

톰 행크스의 젊은 시절 준수하고 맑은 얼굴이 영화를 보는 내내 시선 흡입한다. 톰의 어린 시절 집으로 나오는, 고즈넉한 가로수 길과 한적한

집들은 당시 미국 중산층의 황금기를 대변하고 있다. 울긋불긋 가로수 잎들이 석양의 빛을 받아 반짝반짝 윤을 내는 한적한 그곳은, 그때나 지금이나 살고 싶은 멋진 곳이다.

어른의 세계를 너무 빨리 알아버리고 지친 동심이 모성을 그리워하고 추억을 그리워한다는 것…. 그리하여 추억의 예전 모습으로 돌아갈 곳이 있다는 것은 얼마나 가슴 뿌듯한 회귀인가?

톰 행크스는 장난 어린 표정, 천진한 웃음, 깊은 눈빛으로 '페이소스'를 담아낼 줄 아는 흰색 도화지이다. 인생의 쓴맛은 천천히 음미해도 되리라. 단 것은 순간이요, 쓴 것은 영원인 것이 인생 아니겠는가?

톰 행크스는 그의 동심에 반해 '어른'의 마음을 놓아버린 나쁘지 않은 스펙의 '여자 친구'가 있었다. 또한, adult world에 이르게 초대받아 초고속으로 졸업하여, 소위 어른이라고 불리는 사람들 중 대표자격인 '장난감 그룹' 회장에게까지 인정받은 실력으로 탄탄대로를 밟을 수도 있었다. 순간의 감정에 충실한다면 사랑스러운 눈빛을 가진 묘령의 여인과 어른으로서의 삶을 기약하는 것도 나쁘지 않은 미래의 선택이 될 수 있을 것이었다.

그런데 무엇이 아쉬워 그는 속세의 묵직한 직함과 여자친구를 물리치고, 무작정 엄마에게 달려가고 싶어했을까? 그것이 무조건적인 사랑의 위력이 아닐까? 세상에 '나'라고 생각하는 한 존재를 조건 없이 사랑해 주는 '사람'이 있다는 것은 얼마나 큰 축복인가? 얼마나 큰 행복이겠는가? 그 마음이 아름다운 가로수 변에 있던 소박하고 아늑한 옛집으로 이끌었으리라.

"맨해튼의 복잡하고 시끄러운 전략적 행동들을 유일한 성공 방정식이라 생각하는 '어른'들이 생각하는 '톰'의 삶이 중요한 것이 아니라, 예전 꼬맹이 시절 같이 야구 하던 소중한 친구와의 추억을 가진 '톰'이, 현재 시점에서 더욱 중요한 '내'가 아니겠는가?"라는 멋진 생각을 해낸 것이다.

해맑고 순수한 그리고 장난기 어린 표정으로, '어른' 철부지의 마음에 잔잔한 파문을 일으킨 '톰 행크스'에 감사의 마음을 전한다. 영화 말미 그의 집으로 돌아가는 듬직하고 성실하며, 쓸쓸한 뒷모습은 표정에서 보여지는 'pathos' 이상의 감동이었다. 사람이 사람과 공감하는 지점은 꼭 말뿐은 아닐 것이다. 말로 표현하기 힘든 표정과 뒤태로도 타인과 공감할 수 있다는 것은 얼마나 다행한 일인가?

# '왕거루'와 '왕캥거' 이야기

서기 235년 불현듯 하늘에서 황토색 떡들이 떨어집니다. 생긴 것이 된장인지, 똥인지 구분이 잘 안 됩니다. 동물 나라에서 난리가 났습니다. 동물 나라에서는 황토색 떡이라는 것은 듣지도 보지도 못하던 혁명적인 떡입니다. 동물 나라의 '왕' 캥거루 '왕거루'가 황토색 덩어리 맛을 봅니다. 그런데 이게 웬 떡 맛입니까? 맛있는 찹쌀떡 맛이 나는 겁니다.

그렇지만 아무리 생각해보아도 황토색 떡이라는 것이 가당치 않습니다. 그런 기술력이라는 것이 존재하지 않았기 때문에, 이것이 도대체 무슨 의미인가에 대해 공동회의를 해야 할 상황에 처했습니다. 그리고 그 떡 맛이 나는 덩어리를 과연 식량으로 인정할 것인가에 대해 족장회의를 통해 결정하기로 했습니다. "아닌 밤 중의 '떡' 낙하 show"로 모든 공동체 구성원들이 스트레스를 받았습니다.

일단 이것을 Animal 과학분석 연구소(ASAL)에 시료분석을 의뢰하기로 했습니다. 결과는 충격적이었습니다. 황토색 덩어리가 떡이 맞았던 것입니다. 그렇다면 이제 어떤 형식으로 먹어야 하는가, 그리고 언제 먹어야 하는가에 대해 치열한 갑론을박이 벌어집니다. 서기 235년 동물 나라에서는 흰색 찹쌀떡을 먹을 때 철저한 원칙이 지켜졌던 것이 논쟁의 시발(始發)이 됩니다. 흰색 찹쌀떡은 반드시 점심때 먹어야 하고, 나이프로 잘라 젓가락으로 먹는 문화가 그것이었습니다.

그런데 이것은 황토색 떡입니다. 21일간의 긴 회의 끝에, 황토색 떡은 반드시 저녁에 나이프로 잘라 포크를 이용해 먹는 것으로 사회적 대타협이 이루어집니다. 아침에 숟가락으로 잘라 숟가락으로 먹어야 한다는 반대파의 의견을 힘들게 조정하여 얻은 결과입니다.

그런데 21일간의 회의 덕분에 하늘에서 떨어진 떡들이 떡실신 되며 모두 상했습니다. 21일간 떨어지던 떡 무리가 회의가 끝난 시점에 정확하게 멈추어 버립니다. 그래서 동물 나라에서 힘들게 사회적 합의를 이루어냈던 결과는 아무 의미가 없게 됩니다. 다시는 황토색 떡을 구경도 못 해보게 되었습니다.

그리고 아무도 먹어보지 못한 미완의 떡이 되어버립니다. 동물 나라에서는 아직 황토색 떡을 만들 기술공학이 발달하여 있지 못했기 때문입니다. 황토색 떡은 무려 600여 년이 지난 서기 877년, 캥거루 가의 위대한 28대 군주 '왕캥거'에 의해 개발됩니다. 그리고 위대한 '왕캥거'에 의해 사회제도 하나가 탄생합니다. 바로 시속 50km의 기준속도 포고령입니다. 주변 왕국들이 약 시속 30km를 기준속도로 도로체계가 만들어진 것에 비하면 엄청난 혁신이었습니다.

'왕캥거'의 이 번뜩이는 영감은, 어릴 적 '왕캥거' 집에 세들어 살던 '민토끼'와 '조코끼리'에 의함입니다. '민'왕국에서 이민을 왔던 '민토끼'네 일가는 '민'왕국의 시속 20km의 도로 infra에 맞춰진 삶의 패턴을 가지고 있었습니다. '조'왕국에서 이사를 왔던 '조코끼리'네 일가는 '조'왕국의 시속 35km의 도로 사정에 합당한 삶의 속도를 존중하고 있었습니다.

그런데 '왕캥거'는 이들의 속도가 너무 느리다고 생각했습니다. 그래서 시속 50km로 조율 가능한 세상을 만들고 싶어하는 야심이 생깁니다. 이상하게 하늘이 도운 듯 그의 생각이 속속 현실로 구현 가능해집니다. 그 옆에 율사, 책사, 멘토들이 마치 하늘은 스스로 돕는 자를 돕는다는 듯, 기가 막힌 결과물을 내오며 '왕캥거'를 기쁘게 합니다.

'민' 왕국과 '조' 왕국과 '왕' 왕국 천하삼분지계(天下三分之計)는 삽시에 무너집니다. 시속 50km의 삶의 패턴을 '민' 왕국과 '조' 왕국이 버텨

내지 못한 탓입니다. '왕캥거'는 어려서부터 객관적 기준이라는 것에 대한 상상력이 매우 컸습니다. '왕캥거'는 그렇게 생각했습니다. '사회 제도적 객관의 미세조정은 주관의 요소가 아닌가? 주관을 그럴싸하게 만들어 포장한 것이 객관이란 것이 아닌가? 큰 방향이란 것은 Degree of Freedom의 증진이 맞겠지만…, 전략적 선택지에서는 힘의 논리에 의해 주관이 충분히 객관으로 포장 가능한 것이 아닌가?'

'왕캥거'는 약관의 나이에 너무나 기특한 생각을 해냅니다. '결국, 중요한 것은 시속 20km로 가느냐, 시속 35km로 가느냐, 시속 50km로 가느냐가 아니라 어느 방향을 보고 있느냐가 아닌가? 어느 방향으로 어떻게 세를 모아 갈 것이냐가 아닌가? 시속 20, 35, 50km가 각각 절대속도라고 주장하는 이들을 한 방에 꿰어, 한 광주리로 모아내는 리더의 역할이 그래서 중요한 것이 아닌가? 내가 그 일에 적합한 유일한 인물이다!'

'왕캥거'는 600년 숙원 사업인 황토색 떡을 만들어 내는 개가를 올리기도 했지만, 더욱 의미가 있는 것은 그의 왕국을 시속 50km에 맞는 삶의 패턴으로 맞춰 냄으로써 전인미답의 천하 통일 고지를 밟았던 것입니다. 천하 통일의 주인공이 된 것입니다.

그런데 왜 그는 마음이 계속 답답하고 초조할까요? '동방예의무지국'

이라는 나라의 멘붕 지방에서 자생한다는, 신선들만 입을 대 볼 수 있다는 그 유명한, 5년근(根) '멘붕삼(蔘)'을 꾸준히 장복해야만 그 병을 낫게 할 수 있을까? 아니면 자국의 10대 강 사업을 통해 치수로 설계한 제방에서 자라나는, 맥이라는 이름의 신기의 칡뿌리 '맥커리'를 씹어 먹어야 불안한 마음이 해소될 수 있는지에 대한 남다른 소회를, '왕캥거'는 그의 비문에 담담하게 적어 놓고 갔습니다. 그의 비문 한 자락 읽고 글을 접습니다.

"황제 나 '왕캥거'는 '멘붕삼'과 '맥커리'의 효험을 보았노니, 내 후세에도 이 두 귀한 풀을 존귀하게 여기려무나. 나오자마자 47년 만에 저리로 간다. 다른 사람들은 40세까지 사는데 나는 무려 7년을 더 살지 않았느냐? 이것이 황제의 위용이로다!"

# 신이 생각하는 인간의 가장 놀라운 점

신이 생각하는 인간의 가장 놀라운 점

　　　　　　　　　　　　　- 작자 미상

어린 시절이 지루하다고 서둘러 어른이 되는 것

그리고는 다시 어린 시절로 되돌아가기를 갈망하는 것

돈을 벌기 위해 건강을 잃어버리는 것

그리고는 건강을 되찾기 위해 돈을 다 잃는 것

미래를 염려하느라 현재를 놓쳐버리는 것

그리하여 결국 현재에도 미래에도 살지 못하는 것

결코 죽지 않을 것처럼 사는 것

그리고는 결코 살아본 적이 없는 듯 무의미하게 죽는 것


　동네 작은 칼국숫집에 걸려있는 글귀입니다. 사장님이 직접 바탕 그림을 그리고 그 위에 정성스러운 손 글씨로 만든 정감 어린 액자 혹은 걸개(?) 글입니다. 칼국수 먹다가 철학자 되겠습니다. 마지막 글귀가 마음

에 무척 들어옵니다. 이 집 닭 칼국수가 무척 칼칼하고 맵습니다. 고추씨까지 갈아 넣어서 상당히 매운데요, 먹다 보면 아무 생각이 안 날 정도입니다.

그렇게 죽을 것처럼 매운 것을 먹고 땀을 뻘뻘 흘리면 미래를 염려하고 과거를 회상하느라 현재를 절대 놓쳐버리는 일이 없습니다. 과연 매운 것을 먹고 얼을 빼놓게 하는 사장님의 삶의 철학이 그대로 배어 나오는 칼국수이지 않을 수 없습니다.

매콤한 닭 칼국수는 미래를 염려하느라 현재를 놓쳐버리는, 그리하여 현재도, 미래도 제대로 살지 못하는 우리에게 매움의 방망이로 세 치 혀를 때림으로써, 혀 좀 그만 놀리고 현재에 충실하라는 깨우침을 주고 있는 것입니다. 꿈보다 해몽인가요? ^^

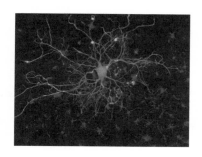

# 암흑 에너지·과거와 미래·시간과 공간(우주의 구조: 브라이언 그린)

## scene 1

자력이 강하지 않았던 둥그렇고 검은 자석을 생각해보자. 검은 자석은 암흑물질(Dark Matter)이다. 검은 자석은 우리가 흔히 생각하는 고체의 자석이 아니다. 액체의 자석 혹은 기체의 자석으로 생각해보자. 그 안에 다이아몬드처럼 박혀있는 것을 '은하(galaxy)'라고 생각해보자. '페레로 로쉐'처럼 검은색 초콜릿에 오밀조밀하게 박혀있는 땅콩을 떠올리면 되겠다. 그런 액상 혹은 기체의 암흑물질 자석이 토토로의 숯검뎅이들처럼 좁은 공간에서 복닥거리고 있다고 치자.

양자적 요동에 의해 에너지 중심의 돌출부에 안착한 힉스장은 높은 에너지를 가지게 되었다. 힉스장의 고에너지 상태가 암흑입자의 운동성을 증가시키고 마이너스로 대전 된 암흑입자의 활동반경이 엄청나게 커진다. 암흑물질에 해당하는 검은 자석(숯검뎅이)들의 자기장이 갑자기 강력해진다. 인접해있던 암흑물질이 같은 극으로 대전 된다. 서로의 척력이 엄청나게 강해져 순식간에 시공간이 엄청난 속도로 확장된다.


scene 2

모든 사건은 과거에 일어났고, 현재에 일어나고 있고, 미래에 일어날 예정이 아니다. 하나의 시공간 안에 한꺼번에 존재한다. 시공의 한 단면을 점유한 채로 그대로 그곳에 있는 것이다. 등속운동으로 서로에 대해 움직이고 있는 관측자들은 사건의 동시성(둘 이상의 사건이 동시에 일어났는지, 아니면 시차를 두고 일어났는지의 여부)에 대하여 의견일치를 볼 수 없다. 이것이 바로 동시성의 상대성(relativity of simultaneity)이다.

시공간 4차원을 길쭉한 파운드 케이크로 생각해보자. 정각으로 시공간 바로 썰기가 동시적인 시간 단면이라면, 시공을 어슷 썰면 비동시적 시간 단면이 된다. 어슷 썲으로써 현재와 미래가 동시에 공존하는 기이한 일이 벌어진다. 그러나 공존한다는 것은 빛의 이동속도와 관련한 하나의 착시로 보면 된다. 실존하는 공존이 아니고, 빛과 4차원의 시공간에서의 등속 혹은 가속운동 방향에 관련한 관측자의 착시효과인 것이다.

우리는 별이 몇십만 인지, 몇백만인지 모르는 광년에 떨어져 있다는 것을 자주 잊고 산다. 우리가 보고 있는 별빛은 짧게는 수년 전 혹은 수백 년 전, 수십만 년 전 실존했던 항성의 잔재이다. 기이하게 우리는 과거를 현재 시점에서 즐감하고 있는 것이다.

scene 3

시간과 공간은 빛의 속도가 관측자의 운동상태에 상관없이 항상 일정하게 보이도록 하기 위해 각 관측자의 운동상태에 따라 다른 모습으로 나타난다. 빛의 속도가 누구에게나 일정하게 보이려면 한 관측자가 측정한 거리와 시간 간격은 그에 대해 움직이고 있는 다른 관측자의 측정값과 달라야 한다. 이것이 바로 특수상대성이론의 출발점이었다.

무슨 얘기냐? 까꿍 괴물이 자동차를 타고 달린다. 시속 100km의 속도로 북쪽을 향해 달리고 있다. 까꿍 괴물은 북쪽으로만 가는 것이 지루하여 북동쪽으로 방향을 틀었다. 처음에는 시속 100km라는 모든 속도가 북쪽으로 진행하는 데 쓰였지만, 방향을 바꾼 후로는 속도 일부가 동쪽으로 진행하는 데 사용되고 있으므로 북쪽으로 진행하는 속도는 이전보다 느려질 수밖에 없다.

우리는 물체의 이동을 생각할 때 공간을 가로질러 이동하는 경우를 주로 떠올린다. 그러나 공간상의 이동만큼 중요한 이동이 또 하나 있다. 시간을 따라 이동하는 경우가 그것이다. 까꿍 괴물을 비롯한 만물은 벽시계의 초침이 째깍거리는 동안 강제로 가차 없이 시간을 따라 '이동당하고' 있다.

까꿍 괴물이 북쪽과 동쪽으로 이동했던 바를 시간과 공간으로 바꿔보자. 까꿍 괴물이 공간에서 광속으로 달리기 위해서는 시간이 흐르지 않는 영원조건이 필요하고, 까꿍 괴물이 공간 안에서 아무런 움직임 없이 가만있는다고 하면 시간의 흐름 속에서 광속이동이 가능하다. 광속으로 달리는 것이 어렵지 않다. 그냥 움직이지 않고 가만있으면 된다. 그러면 우리는 손 하나 까딱 안 하고 과거에서 미래라는 흐름으로서의 광속여행을 하게 된다.

# 젊음과 혁신 & prince charming

젊어도 세상과의 소통에서 일찍부터 실패하여 자기 안에 안주하고, 전혀 발전이라는 것에 관심조차 갖지 않는 사람과 노년이라도 세상과의 소통에 적극적이고 발전에 지속적 관심을 갖는 사람이 있다고 가정하자. 누가 젊은이인가? 생물학적 나이가 적다고 다 같은 젊은이가 아니다. 본인 생을 다하는 그 순간까지 세상과의 소통을 중요시하고 발전을 갈구하는 그 영혼 덩어리가 젊음이지, 육신 덩어리로 젊음을 평가하는 것은 잘못된 것이다.

외모를 예쁘게 가꾸고 성형도 하고, 운동도 열심히 해서 나이보다 어려 보인다고 치자. 그렇게 자기 몸뚱이만 알고 사회에 전혀 관심도 갖지 않고 본인만을 위해 열심히 살아가는 사람들의 뇌는 점점 화석화되어 갈 수 있겠다. 그런 본인만을 위한 삶이란 게 무슨 의미가 있을까? 그러해서 점점 더 늙어질수록 화장발과 성형발과 운동발과 건강식발로 쇠락해가는 육신을 싱싱하게 재건할 수 있을까?

어차피 삶이란 것이 죽음을 향해 내 달음질치는 것이다. 죽지 않기 위해 발버둥과 안간힘을 써도 결국은 돌아가는 것이 인생이다. 그렇게 몸이 썩어져 '나' 이외의 세상과 후세의 삶을 위한 토대가 되는 것이다. 남을 위해 내 몸뚱이가 그리 쓰이는 것이 세상의 정한 이치인데, 시곗바늘을 거꾸로 돌리려는 모든 노력의 총합, 내 몸뚱어리만의 안일을 위함은 전혀 매력적이지 못한 정신세계를 만든다.

뇌가 매력적인 사람이 좋다. 나이가 들수록 품위가 있어지고, 존경하고 싶어지고, 좋아할 만한 사람들은 뇌가 섹시한 사람들이다. 일류대를 나오고 엄청난 스펙을 자랑하는 사람이라도 몇 마디 대화만 나눠보면, 백악기 단층의 공룡화석 뇌를 가진 사람인지, 반짝반짝 윤이 나는 생생한 뇌를 가진 사람인지 직관적으로 눈치챌 수 있겠다.

자! 이제 위 그림의 주인공, 슈렉 1편 궁극의 매력남(男), '프린스 차밍'을 소개할 시점이 되었다. 그가 매력적인 건 보편적 인류애라는 sexy brain 코드를 가지고 있기 때문이다. 프린스 차밍은 3등신 몸매를 통해 다른 이들을 돋보이게 하는, 불가(佛家)의 하심(下心)을 몸소 실천하는 행동하는 양심이다. 선악 구도를 사전 인지, 본인 나쁜 놈 코스프레로 슈렉 및 그 일당들을 선한 인물로 만들어내는 차원이 다른 두뇌를 뽐내기까지 한다.

또한, 다양한 표정으로 감정선을 제대로 짚어내며, 감정표현을 이성으로 찍어누르는 대한민국 국민들의 갑갑한 마음을 일소해버리는 다이너마이트적 감수성을 보여주기도 하니…. 이 어찌 매력이 없다 할 수 있겠는가? 그는 세상과 소통하기 위해 철저하게 의도적으로 자신을 낮추며 많은 이들을 기쁘게 해주는, 반짝반짝 윤이 나는 뇌를 가진 대표적 지식인으로 꼽아도 손색이 없다.

그는 혁신과 젊음을 아는 '기사'이다. 절대 현실 따위에 굴복하지 않는 불굴의 투사이다. 그러하여 그가 동안(童顔)으로 보이는 것이 아니겠는가? 도대체 프린스 차밍의 절대 동안의 비결이 무엇일까? 그토록 생생한 젊음의 원천은 무엇일까?

하루하루 바람직스럽다고 생각하는 삶의 방식을 존중하고 행동으로 옮기려고 노력한다면 '습관'으로 굳어지리라. 습관이라는 거대 무의식의 바다에서, 표피적인 의식이 변화하는 환경과 즉각적인 피드백 메커니즘을 구축하게 된다면, 그것이 젊음이 아니고 무엇이겠는가? 혁신이 아니고 무엇이겠는가?

혁신은 당위의 수사가 아니다. 왜 혁신적이어야 하는가? 나를 제외한 모든 것들은 순간순간 변화하기 때문이다. 지금 이 글을 쓰고 있는 순간에도 세상은 빠르게 변화하고 있다. 그렇다면 세상이 변한다고 해서 굳이 변해야 할 이유가 있는가? 변해야 할 이유 없다. 변화는 구체적인 필요에 의해서만 생길 수 있겠다.

그러면 변화해야 할 필요를 왜 느끼느냐? 결국, 내가 무엇으로 소용되어 세상을 생태학적으로 균형 가능케 하며, 풍부한 종 다양성을 유지케 하느냐가 아닐까? 세상의 창의를 위해 기여하는 그 무엇과 행동, 바로 여기서 혁신이 출발하리라. 무엇이 되기 위함이 아니라, 무엇으로서 기능하느냐가 혁신의 출발점일 게다.

그렇다. 프린스 차밍은 혁신을 제대로 알고 있었던 거다. 안 그런 척하면서 그는 기회의 공평, 사회적 약자에 대한 배려, 행복이 무엇인가를 철학적으로 사유할 수 있는 사회를 꿈꿨던 것이다. prince charming과 같은 치명적 매력의 소유자가 되기 위해, 오늘도 한 길을 걸어가겠다. 나쁜 습관을 배제하는 방식을 통해, 나쁘지 않은 습관의 누적으로, 나쁘지 않은 혁신의 길을 걸어가겠다. sexy 한 내가 되어야 한다. 프린스 차밍, 너의 매력을 넘어서겠다.

# '개똥 철학' 하기

철학의 깊이와 다양성의 차이만 있을 뿐, 누구나 철학이 있습니다. 철학 하기란 가치관을 갖기입니다. 가치관이란 세상을 바라보는 인식틀입니다. 인식의 틀이라 함은 주변 환경을 해석함입니다. 철학 하기란 결국 세상을 해석하기입니다. 객관적으로 있는 그 무엇이라고 생각되는 것의 정보가 입력되면 뇌공학적 알고리듬으로 자동 연산하여, 복잡한 수천억 개의 신경망 조합으로 탄생한 개성의 결로 제어된 정보가 의식과 무의식의 바다에 포말 한 개로써 추가됩니다. 그리고 세상을 향한 반응으로 출력됩니다.

내가 눈을 감고 있습니다. 귀를 막고 있습니다. 코를 막고 있습니다. 무중력 상태에서 공기하나 털끝을 스치지 못하는 절대 진공에 앉아 있습니다. 내가 나를 느끼지 못합니다. 세상을 느끼지 못합니다. 1평짜리 진공 큐브 안에서 둥둥 떠다니고 있는 것을, 외계인이 지켜보고 있다고 칩시다.

언뜻 객관적인 사실은 외계인이 인간을 대상으로 생체실험하고 있는 장면이라고 생각할 수 있겠지만, 큐브 안에 갇혀있는 사람의 입장에서 보면 절대 무와 상대하고 있는 현실이 객관입니다. 무엇이 진정한 객관일까요? 알고 보니 외계인이 생체 실험하고 있는 장면이 텔레비전으로 생중계되고 있습니다. 외계인 영화였습니다. 외계인은 시나리오 작가가 써준 대본을 읊고 있습니다. 그리고 전 세계 50억 인구가 실시간으로 시청하고 있습니다.

무엇인가가 있습니다. 그것은 갑돌이가 보든, 을순이가 보든, 철수가 보든, 영희가 보든 실체로써 존재하는 그 무엇은 분명히 있습니다. 그 실체를 지각의 영역으로 명료하게 느낄 수 있습니다. 그것을 객관물(物)이라고 표현하겠습니다. 그러나 객관물이라는 것도 자세하게 따지고 들어가면, 그렇게 명확한 실체가 아닙니다. 물체에서 분자로, 분자에서 원자로, 원자에서 전자구름으로 계속 분해해서 들어가다 보면, 원자핵 주변을 구심력에 따라 공전하고 있는 전자구름의 확률분포에 의해 서로 다른 원자끼리의 마주침을 제어하고 있는 것이 물체의 실상입니다. 원자핵과 전자 사이에는 엄청난 공간이 존재합니다.

결국, 무엇인가 있다는 것도, 실은 거의 없는 상황 속에서의 대비 효과입니다. 기실 명확하다고 생각하는 객관물도 미시적으로 들어가 보면, 마치 물잔 속의 먼지처럼 눈에 보이지도 않는 조그마한 것들이 꿈틀거리며 응집하여 "실체입네!" 이러고 있는 겁니다. 슈레딩거의 고양이의 역설에 대해 들어보셨을 겁니다. 관측하는 즉시, 무한한 확률적 가능성이 단 한 개의 결과로 수렴되는 현상인데요, 관찰자 눈에 들어온 photon(빛 알갱이)의 반사에 의해 앞으로 벌어질 일들이 규정될 수 있다는 것입니다.

이를테면 쥐라기 시대에 형성된 북한산 인수봉의 화강섬록암의 입자에 굴절된 photon이, 초속30만km의 속도로 득달같이 내달려 눈으로 들어옵니다. 그리고 망막 상에 맺힙니다. 위에 전술했던 입력·연산·제어·저장·출력의 싸이클이 가동됩니다. 안구 신경의 수상돌기로부터 축삭돌기를 통해, 뇌 신경으로 전달되어 정보처리 프로그램의 입력단계로 진행됩니다. 연산하고, 제어하고, 저장하며, "아! 참 북한산 세 봉우리의 삼두노출은 눈을 시원하게 하는구나. 얼씨구나!"라는 외마디 어구로서 출력까지 마무리됩니다. 이 모든 과정이 그야말로 순식간에 이루어집니다. 빛줄기 하나가 쳐다보는 사람에게 구체적인 어떤 행동과 반응을 지시하는 것입니다.

북한산 봉우리 삼두노출은 내가 쳐다보기 전까지는 아무 의미가 없습니다. 관측자와 세 봉우리 사이에 photon이라는 매개물로 이어지는 즉시, 슈레딩거의 확률 파동 붕괴이론에 따라 쌍방 간의 존재가치가 만들어집니다. 쳐다보는 즉시 관측 대상에게 실존이라는 의미가 부여됩니다. '북한산 삼두노출은 참으로 보기가 좋구나! 아름다워! 근데 오래 보았더니 삼두노출이 식상하다. 쌍두노출이 있는 봉우리를 바라보고 싶다.' 이런 생각이 드는 나는 '무엇이 좋다 나쁘다, 무엇이 가치가 있다.'라고 철학을 하고 있습니다.

김춘수의 「꽃」이라는 그 유명한 시 잠시 읽어보겠습니다. "내가 그의 이름을 불러 주기 전에는 그는 다만 하나의 몸짓에 지나지 않았다. 내가 그의 이름을 불러 주었을 때 그는 나에게로 와서 꽃이 되었다." 무엇이라고 이름 붙여주는 소위 분류법과 명명법에 의해 객관물(物)은 구체적인 어떤 상징으로 다가옵니다. 그것을 정밀하게 가능케 하는 것이 바로 언어입니다. 언어는 차별을 통해 정보전달을 합니다. 성량·고저·장단의

3가지의 있음(有爲)의 도구를 가지고 이른바 소통을 합니다.

이렇게 언어는 소통의 기능과 더불어 차이를 드러내는 방식으로, 객관·주관을 가르는 기준을 만들기도 합니다. 그런데 객관이란 것에 대해 곰곰이 생각해보면, 객관물은 있어도 객관은 없습니다. 괜히 객관적(的)이 아닙니다. 객관이 아니기 때문에 근사치로 계산해서 객관적(的)이라 칭하는 것입니다. 우리는 논리를 신빙합니다. 이를테면, 호랑이와 늑대는 명백하게 다르다고 생각합니다. 이것은 논리적으로 타당합니다. 왜냐? 호랑이는 고양이과고, 늑대는 개과이니까요.

그럼 린네의 분류법의 차원을 좀 높여보겠습니다. 태생이냐, 난생이냐까지 타고 올라가 봅니다. 별안간 호랑이와 늑대는 같은 '태생'이 되어버립니다. 알에서 깨어난 것은 아니니까요. 태생의 모든 조건을 공통으로 만족하기 때문에 둘은 문득 같은 족속이 되어버립니다. 구분이 무의미해지는 단계에 이르렀습니다. 결국, 현미경을 들이대고 자세히 살피느냐, 아니면 멀찍이 떨어져 개체를 분석해 보느냐에 따라, 같다, 다르다라는 판단조차 달라질 수 있는 논리적 근거들이 생깁니다. 분류의 차원 혹은 분류의 구분에 따라 항상 일정한 것으로 보였던 논리적 정합의 불가능함이 입증됩니다.

이렇듯 언어적 분류 혹은 언어 자체가 같음이 아닌 다름에 기반을 둔

다는 사실을 알 수 있습니다. 결국, 언어를 활용하여 삶을 살아내는 사람 간의 소통이라는 것은, 무엇과 무엇을 비교하여 자꾸 차이를 키우거나, 강조함에 있다는 것이죠. 그렇다면 어떤 의미에서 언어는 세상을 창의·적분·종합해내는 능력을 원천봉쇄하는 도구일 수도 있겠다는 생각이 듭니다.

결국 '논리적 정합이란 것 자체가 있을 수 없는 세상 속에서, 과연 어떤 좌표로 흔들림 없는 인생을 설계하고 살아가야 하는가?'라는 근본적인 질문과 마주하게 됩니다. 제가 생각하는 답은 간단합니다. 객관을 포기하면 됩니다. '근사치로 객관을 흉내 낼 뿐인' 객관성을 도모하면 됩니다. 인간의 불완전성에 대한 개념만 머리에 넣고 있다면, 자동으로 겸손 모드를 유지할 수 있습니다. 그렇다면 근사치의 객관성을 어떤 방법으로 담보하느냐라는 숙제가 놓입니다.

'축척을 막론한 자기구조 유사성'의 인프라(Infra) 밝히기로 숙제를 뚝딱 해치우려 합니다. 축척을 막론한 자기구조 유사성, 어디서 많이 들어본 것 같지 않나요? 바로 '프랙탈'의 정의입니다. 축척을 막론하고 보면 우주로부터 지구, 동아시아, 한국, 지역사회, 직장사회, 가족사회, 나로 연결되는 그림을 그려보고, 각 축척마다 어떻게 사는 것이 바람직한가를 3자적·성찰적 시각으로 보려는 노력이 그것입니다.

근사치의 객관성을 달성하게 되면, 세상 속에서 본인의 position에 대한 감을 획득할 수 있습니다. 마치 GPS가 아인슈타인의 일반상대성 공리를 통해 근사치의 객관성을 확보하였고, 최신 전자통신 기술을 통해 실시간 위치 정보를 알려주듯 말입니다. 그 포지션을 정확하게 인지해야지만 제대로 된 객관화가 가능하고, 그 객관화 속에서 세상을 위한 도구가 될 자격이 주어지지 않을까요?

결국, '세상을 안다!'라고 착각하는 '나'는 위에 전술했던 무중력 큐브 안에 생체실험자를 가둬놓고 이것저것 조종을 해보는, 가장 똑똑한 부류라고 생각하는 '외계인' 하기입니다. 그런데 외계인으로 분한 사람도 결국은, 시나리오 작가의 대본대로 글을 읽고 있을 뿐이었습니다.

세상을 위한 도구가 되면 역설적으로 '나'를 위한 도구가 되기도 합니다. '가치생태계'가 풍성해지고 균형 잡힌 시각을 가지게 됩니다. 결국 '철학 하기'는 각 사회 차원에 따른 '배려'의 생각 가지기, 풍성한 언어적 환경으로 다양한 '사고' 실험하기, 무엇으로 기능할까 고민하기입니다. 안다고 생각하는 나는 결코 모르는 나입니다. 오직 모르는 정신만이 영혼을 깨우고, 매일을 새롭게 할 것입니다.

그렇게 나, 가족사회, 직장사회, 지역사회, 한국, 동아시아, 지구, 우주로 이어지는 연쇄 프레임의 가치 사슬을 균형 있게 조율하는 것이, '오직 모르는 나'에 대한 예의라고 생각합니다. 이것이 제 개똥철학입니다.

# '벚꽃' 통신

우리 집 근처 둑길에 벚꽃이 흐드러지게 폈습니다. 어제는 길거리에 차를 대고 무수한 행락객들이 노천 변을 따라 벚꽃의 낭만을 구가하시더군요. 곱게 차려입고 가족끼리 나들이 나온 분들도 계셨고, 다른 사람과 춘심(春心)을 나누기 아까워 홀로 나온 분도 계시고, 평상시 나오듯 운동 삼아 나온 분도 있습니다.

원래 사람이 너무 많은 곳은 취향이 아니어서 오늘은 일찍 산책을 나왔습니다. 제가 산책하는 코스는 대략 왕복 1시간 30분짜리입니다. 제 방을 따라 걷다가 야트막한 산 정상에 올랐다가 다른 방향으로 내려와 다시 제방을 통해 집으로 오는 코스입니다.

산으로 가기 위해 둑방을 걷고 있자니 전문 사진작가인 듯한 분이, 70~80cm 정도 되는 긴 망원렌즈가 탑재된 사진기를 들고 여유롭게 봄을 느끼면서 한껏 촬영 중입니다. 조금 더 걸어 산에 도착했습니다. 약간의 운동을 마치고 수없이 많이 깔린 '배드민턴'장 쪽으로 내려옵니다.

동호회 회원들이 일찍 운동을 마치고 왁자지껄하게 아침 해장 라면들을 드시고 계십니다. 종이컵에다가 삼삼오오 모여 맛있게 라면을 자시는 모습을 보자니 시장기가 발동합니다. 구호도 외치고 시끌벅적합니다. 어떤 이는 홀로 봄의 낭만과 마주하기를 좋아하고, 어떤 이들은 조직에 속해 함께 땀 흘리며 활기차게 봄과 조우하기를 좋아합니다. '그 사람이 가진 결대로 각자의 행복을 찾아가면 그뿐이지 무엇이 있겠는가?' 사진작가와 배드민턴 동호회 회원을 보면서 그런 생각이 듭니다.

하산하고 다시 둑길로 재진입합니다. 집으로 돌아가는 길…, 역시 사람들이 많이 늘었습니다. 엿장수, 떡 장수, 솜사탕 장수, 음료수 장수, 번데기 장수, 계란빵 장수, 구운 밤 장수, 오징어 장수, 소시지 장수, 옥수수 장수, 바비큐 닭 장수들이 부지런히 장사를 준비합니다. 오늘도 많은 사람이 만개한 벚꽃과 간단한 주전부리 콤보 세트로 눈과 입을 즐겁게 하며 집으로 돌아가겠지요?

그리고 내일부터는 아무럴 것도, 아무렇지도 않은 하루가 반복될 겁니다. 한 해의 며칠 안 되는 벚꽃들의 향연을 가슴 깊이 담아두고, 그 힘으로 노곤한 일상과의 전쟁을 치르는 원동(原動)으로 삼을 것입니다. 향춘객들이 스마트 폰으로 분해능이 좋은 사진, 동영상을 촬영하며 순간을 만끽하고 있습니다. 거의 예외가 없을 정도로 많은 이들이 사진 삼매경에 빠져 있습니다.

'도대체 이 많은 사람들이 한결같이 사진 촬영에 몰두해 있는 그 힘은 무엇일까?, 그 의미가 무엇일까?' 그런 생각이 듭니다. 좋은 순간, 추억으로 삼고 싶은 순간, 무엇을 남기고 싶은 순간에 사진기는 예의 그 위력을 발휘합니다. 거꾸로 이야기하면 추한 순간, 기억하고 싶지 않은 순간, 무엇을 남기고 싶지 않은 순간에는 사진을 찍을 일이 없다는 이야기입니다.

사진은 남기고 싶은 추억의 외장 메모리입니다. 사진은 우리 기억의 왜곡이라는 비공식적 권위를, 외장 메모리라는 공식적 권위를 이용한 기억의 객관화물(客觀化物)로 추출해줍니다. 사진 찍기는 세상에서 사랑받아 마땅하고, 응당 위로받아야 할 '나'에게 '나'를 선물하는 좋은 방법입니다.

아름다운 세상과 함께할 줄 아는, 심미로움을 추구할 줄 아는, 낭만을 제법 아는 '내'가, 일상의 심심함에 젖어있는 '나'를 위로하는 훌륭한 계기로 삼으려 하는 노력이 바로 사진찍기가 아닐까 생각해봅니다. 벚꽃 비가 내릴 날이 얼마 남지 않았네요. 마치 벚꽃 비를 처음 보듯, 마치 다음의 벚꽃 비를 기약할 수 없는 듯, 그렇게 며칠 뒤 '저'도 '저'를 위해 사진 촬영 좀 해야겠습니다.

# '상하이(上海)' 기행기

2박 3일간의 학회일정 때문에 중국으로 향했습니다. 원래 해외 나가는 것을 좋아하는 편이 아니라 오랜 망설임 끝에 향하게 되었지만, 나갔다 오기를 참으로 잘했다, 그런 생각이 들었습니다. 상하이는 제주도 비행시간의 2배입니다. 2시간 정도면 그리 여독이 많이 쌓이지 않는 거리입니다. 서울보다 4~5도 정도 기온이 높다고 해서 옷을 맞춰 입고 갔습니다.

서울에서는 긴 겨울잠에서 깨어난 나뭇가지 끝에 꽃망울이 맺히기 일보 직전의 봄이라면, 상하이의 봄은 이미 꽃들이 기지개를 켜고 활짝 만개했습니다. 상하이의 봄비가 우리를 맞아주었습니다. 어느 나라든지 그 특유의 냄새가 있다고 합니다. 중국도 예외일 수는 없겠지요. 중국 냄새가 나더군요. '뭐가 좋다, 뭐가 나쁘다'라는 가치판단을 수반하는 냄새는 아니었습니다.

어찌 보면 그런 가치판단의 불간섭은 중국의 음식을 이미 많이 접하며 사는 한국의 다국적 음식문화 덕이 아닌가 합니다. 친한 후배가 중국식 양 꼬치를 무척이나 좋아합니다. 양 꼬치는 항상 '칭다오' 맥주에 먹어야 한다고 목청 높이는 후배입니다. 그 덕에 저도 양 꼬치를 알게 되었습니다. 양 꼬치의 양 냄새, 그리고 그 냄새를 희석하기 위한 강한 향신료에 혀가 상당히 적응되었던지라, 상해 공항의 낯선 냄새가 '퀴퀴하고 싫다.'라는 생각이 들지 않았던 겁니다.

중국은 정말 영어가 안 통하는 나라입니다. 일본은 저리가라입니다. 간단한 의사소통조차 힘들더군요. 다행히 중국어가 좀 되는 선배님께서 능숙하게 리드해주지 않았더라면, 그리고 그 선배님과 친한 중국 동료분이 안 계셨다면 난감한 상황이었을 겁니다.

상하이의 교통 혼잡도는 서울 그 어느 지역보다 높더군요. 경적 울리기는 그냥 예삿일입니다. 방향지시등(指示燈)을 생략한 끼어들기, 파란불 신호에 합법적 횡단을 하는 사람에게 차 위협적으로 들이밀기, 단체로 주저 없이 빨간 신호에 무단횡단하기 등 다채롭습니다.

중국에서는 파란불에도 주변을 잘 살펴보고 건너야 한다고 선배님께서 이야기하시더군요. 80~90년대 우리나라입니다. 엊그제 신문에 한-중 간 기술격차가 3.7년 차로 좁혀졌다고 기사가 나오던데, 웬 80~90년대냐구요? 상하이의 푸둥지구 부자는 우리나라 부자 이상(以上)이라고 하고, 그 지역민들 또한 2012년의 세계적 시민의식에 맞게 교통법규를 잘 지키는 사람도 상당히 많을 텐데, 웬 80~90년대 타령이냐구요?

80~90년대 같다고 이야기하는 것이 그들을 막무가내로 폄하하기 위한 수사(修辭)가 아닙니다. 전반적 문화라는 틀로 보았을 때 그렇다는 것입니다. 문화라는 것은 소수의 사람에게서 발현되는 현상이 아닙니다. 문화는 소속원 대다수의 보편 상식의 가늠자입니다.

패러다임의 전환, 혁명은 극소수의 선구자적 지혜와 모범 보이기로 시작되지만, 그 맹아 자체를 혁명이라고 하지는 않습니다. 대부분 사람들의 의식전환이 돌이킬 수 없는 비가역적 상황으로 치달아 역진이 불가능한 상황을 의미합니다. 즉, 퇴보 불가능한 단계의 진보하기를 para-digm shift라고 하는 것입니다.

그럼 패러다임이 변화했다고 확실하게 말할 수 있는 근거가 되는 확률이 어떻게 되는가? 요것이 궁금해집니다. 그 확률은 직관적으로 생각해보면 4명 중 3명 이상이 지지하는 확률이 아닐까요? 3명 중 2명이 동의하는 확률이라면 1명이 강하게 자기주장을 하며 버틸 수 있지만, 4명 중 3명이 한 가지 의견에 동의하면 자연스럽게 1명이 자기주장을 접게 된다는, 정치 컨설턴트 '박성민' 씨의 이야기에 공감합니다.

그가 무학(無學)의 통찰에 기반을 둔 직관적 확률이라고 농담처럼 이야기했지만, 신빙성 있는 의견이라고 생각합니다. 상해 시민의 교통법규 준수 수준도 전체 시민의 3/4, 즉 75%라는 수치에 도달하는 순간 패러다임 시프트가 일어나며, 교통법규에 준수에 관한 한 선진국이 되는 것이 아닌가 하는 생각이 문득 떠올랐습니다.

원래 어디로 훌쩍 떠난다는 것은 속세의 묵은 찌꺼기를 내려놓음일 텐데, 가서도 쉴 새 없이 돌아가는 생각의 습관이라는 것은 참 무섭습니다. 여행 시 머릿속에 많이 맴돌았던 단어는 나, 소통, 인종, 선진국입니다. 어느 나라를 가도 손짓 발짓해가며, 원하는 바를 약간의 영어를 섞어 소통해내는 사람, 뻘줌해서 수줍어지고 공황에 가까운 상태를 보이는 사람…, 지저분한 거리, 회색빛의 우울하고 광활한 대지, 무질서한 교통의식, 호방한 대륙적 기질, 순박함, 푸둥 지구 마천루의 웅장함과 중국의 힘, 다양한 사람들…, 후진국과 선진국…, 이런 생각들입니다.

중국 사람을 보고 그들과 소통에 있어 매우 수줍어지고 공황에 가까운 상태를 보이고 있는 '나'는 매우 의식을 많이 하는 '나'입니다. 전(前) 졸작(拙作)『생각의 연쇄 고리』에서 생각의 4단 연쇄 사슬 이야기를 했었습니다.

'나'를 의식한다는 것은 무엇인가?
  → 주변의 시선에 민감하게 반응하는 것
주변의 시선에 민감하게 반응한다는 것은 무엇인가?
  → 자아를 평가할 때, 외부적 시선으로 평가하는 것

외부적 시선으로 자아를 평가한다는 것은 무엇인가?
  → 내부적 자기 존중감과 자기 정합의 기준이 모호하다는 것

내부적 자기 존중감이란 무엇인가?
  → 내가 누군가를 알고 그에 걸맞게 행동하여, '나'에게 민폐를 끼치지 않는 것

왜 나는 나를 힘들게 하는가? 왜 나는 나에게 민폐를 끼치는가? 왜 내부적 자기 존중감과 자기 정합의 기준이 모호한가까지 생각이 내 달음질칩니다. '나를 알아야 한다. 나를 찾아야 한다.' 제가 쓴 많은 글의 핵심이었습니다만, 정작 '내 입'만 나를 찾아가는 과정이었을 뿐, 실질적으로 나를 찾는 것은 아직도 요원합니다.

'내'가 '나'를 모르는 것은 '나'와의 소통에서 실패하고 있는 것에 기인합니다. 소통은 결국 핵심의 간파입니다. 그리고 그 핵심을 유머 있게 전달하는 것입니다. 유려한 문장과 단어는 부수적인 요소입니다. '핵심과 유머', 이것에 능한 사람이 결국 소통의 세계에서 node가 됩니다. 신경계의 결절처럼 소통의 메카가 되고, 그들로 인해 수많은 관계망의 교접이 발생합니다.

위위안(예원)이라는 곳에 갔었습니다. 상하이에서 유명한 관광지로 개인이 만든 매우 큰 중국식 정원이라고 합니다. 정말 인종 전시장이라 할 정도로 다양한 사람들이 있었습니다. 한국인도 많더군요. 그곳에서 맞부딪힌 중국인은 동양인이라 검은 머리와 올망졸망한 이목구비는 비슷할지언정 여러모로 다르다는 느낌을 많이 받았습니다.

신장지역, 위구르 지역, 사천지역, 한족, 조선족, 내몽골, 남방계통 사람 등, 다양한 인종적 구성이 인상적이었습니다. 그들의 미세한 생김새의 차이와 문화적 다양성을 낳아낸 근본은 바로 환경입니다. '제레미 다이아몬드'는 인간과 환경 간의 밀접한 연관성을, 그의 저서 『총, 균, 쇠』에서 유장하게 풀어냅니다. 현재의 '유럽문명과 그 연장선의 미국 문명'이 선진국이 된 결과는 단순한 인간과 환경과의 상호작용이라는 것이 이 책의 핵심입니다.

책의 각론으로 들어가면 '왜 메소포타미아에서 문명이 발상할 수밖에 없었나?', '남미의 아즈텍·잉카 문명이 왜 유럽문명에 의해 순식간에 절멸될 수밖에 없었나?', '왜 신석기 인(人)의 농작물 재배문화가 지리적으로 수평적 확산이 쉽고, 수직적으로는 어려운가?' 등에 대한 나름의 해답을, 과학 논리적 방법에 근거하여 제시합니다. 신석기의 여명과 농작물 재배 시점, 대륙의 넓이와 산맥과 같은 장애물에 의한 문명전파의 한계, 씨족사회에서 국가까지 사회체제의 발달 과정의 한계 등에 의해 현재의 선진국과 후진국이 규정되었다는 흥미로운 이야기도 소개됩니다.

'인종'과 '다양한 문화'가 환경과의 상호작용체라 한다면, 한국인은 한국인(人)다운 문화 속에서 행복해야 옳고, 중국인은 중국인다운, 티벳인은 티벳인다운 문화 속에서 행복 자리를 찾는 것이라면, 무조건적인 '북미 혹은 유럽식' 선진국 지향 시스템이란 것이 과연 우리의 삶 속에서 어떤 의미를 가지는가란 생각이 듭니다.

유럽이나 미국에서 framing 한 '1인당 GDP의 힘·문화의 힘·시스템의 힘·인구수의 힘' 등의 tool에 의거하여 우리의 진정한 행복을 재단할 수 있는 것일까? 대한민국이 지향해 할 선진국 개념에 위에 전술한 몇 가지 외에 핵심적인 무엇인가가 빠져있지는 않았는가? 그것은 기층 서민과 중산층들이 행복이란 무엇인가를 자각하는 힘에서 나와야 하지 않을까요? 행복은 나라님들과 매스컴에서 연일 떠들어대는 무한경쟁 구도를 통해 일인자만 생존할 수 있는, 돈의 신화에 기초한 것이 아닐 겁니다.

최재천 교수는 그의 저서 '다윈지능'을 통해 제일 잘난 놈이 살아남아 번식하고, 다음 세대 에서도 제일 잘난 놈이 살아남아 번식한다는 이른바 최적자 생존(survival of the fittest)은 다윈이 쓴 말이 아니라고 소개합니다. 다윈 진화론의 정수는 적자생존(survival of the fitter)라는 것입니다. 나가수의 예를 들며, 제일 아래 한 명만 도태되고 나머지는 살아남는 구조를 이야기합니다. 살아남은 사람들은 같이 돕고 산다는 것입니다.

우리가 꿈꾸는 행복이란…, 나를 찾아가는 여정에서 오는 성공과 실패를 사회적 연대를 통해 격려해주는 그런 '사회 모델'에서 오는 것이 아닐까? 그리고 누구나 자기를 찾아가는 노정에서의 성공과 실패를 감내할 수 있을만한 최소한의 '사회안전망'을 만들어주는 '사회 모델'에서 오지 않을까? 이런 꿈을 꾸는 사람들이 75%라는 무학 통찰적 임계점을 돌파하면, paradigm shift가 일어나며 역진 불가능한 진보된 사회가 나오는 것이 아닐까? 이런 생각들을 해보게 되었습니다.

이번 여행을 통해 많은 것들을 느끼게 해주신 교수님과 현지 동료분께 감사의 마음을 전합니다. 그리고 재미없는 사람과 학술대회 가서 함께 지내느라 고생했던 선·후배에게도 미안한 마음을 전합니다.

# '빵'의 종(種) 다양성에 대한 보고

빵의 종 다양성이 훼손되고 있습니다. 이러다가는 빵의 근친교배와 유전자 풀의 협소화로 인해 몇 종들을 제외한 나머지 종의 대량 멸절 사태가 예견되고 있습니다. 빵들이 처해있는 상황이 그렇게 녹록지 않습니다. 외부적으로는 네트워크 및 프랜차이즈들이 가격경쟁을 무기로 기존의 소량생산 개인 빵집들을 무섭게 무너뜨리고 있습니다.

'창의력 없는 소품종 소량생산의 값이 싼 빵집'

'창의력 없는 소품종 소량생산의 값이 비싼 빵집'

'창의력 있는 소품종 소량생산의 값이 싼 빵집'

'창의력 있는 소품종 소량생산의 값이 비싼 빵집'

'창의력 없는 다품종 대량생산의 값이 싼 빵집'

'창의력 없는 다품종 대량생산의 값이 비싼 빵집'

'창의력 있는 다품종 대량생산의 값이 싼 빵집'

'창의력 있는 다품종 대량생산의 값이 비싼 빵집'

등의 다채로운 빵 일군(群)들이 생태 경쟁을 하며 살아왔습니다.

'무엇이 무엇보다 더 가치 있다. 무엇이 더 옳고 그르다.'라는 가치판단 이전에, 위에 전술한 다양한 빵군(群)들이 건전한 생태경쟁을 통해 생존과 도태라는 자연의 섭리를 따랐습니다. 그러하였던 빵 생태의 다양성이 훼손되고 있습니다. 안타까운 일이 아닐 수 없습니다. 현재 대부분의 빵집이 '창의력 빈곤의 다품종 대량생산의 값이 싼' 전략이 아니면 살아남을 수 없는 시대적 흐름에 놓여있습니다. 획일적이고, 무개성한, 인간적이지 못한 빵들이 양산되고 있습니다. 창의적이며 인간적인 빵의 개체 수 회복이 필요합니다.

그렇다면 빵을 맛있게 먹는 주체인 우리가 이렇게 손 놓고만 있어야 하겠습니까? 우리가 지켜야 할 지고한 빵의 가치는 무엇이어야 합니까?

무엇을 무기로 삼아 '창의력 빈곤 다품종 대량생산 빵'만이 살 수 있는 생태적 환경을 벗어날 수 있을까요? 결국은 '창의력 고양 소품종 소량생산'이라는 정확한 대척점에 서 있는 빵집의 융성이 아닐까요? 작용반작용 법칙에 의거, 원심과 구심력의 정확한 중간지점에서 모든 힘이 상쇄되는 원리에 입각, 대척에 서 있는 빵집들이 풍성해지는 생태환경 조성만이 기울어진 균형추를 원상 복귀시킬 수 있지 않을까요?

'바나나'의 교훈을 통해 빵의 위기와 극복을 조명해볼까요? 현재 먹는 바나나는 '캐번디시'라는 종이라고 합니다. 이것 단 하나밖에 없다고 합니다. 전에는 현재의 '캐번디시'보다 훨씬 맛있는 '미셸'이라는 품종이 있었는데, '파나마' 병이라는 바나나계의 에이즈와 같은 전염병에 의해 절멸되고, '미셸'보다 '크기'와 '당도' 면에서 약간 떨어지는 '캐번디시'라는 종으로 대체되었습니다. 그러나 역시 '캐번디시'도 종(種)이 단 1개라는 약점 때문에 변종 파나마병에 의한 대량 멸종사태가 예고되고 있다고 합니다. 그래서 머리 좋은 인간종(種)들이 바나나 살리기 연구에 박차를 가하고 있습니다.

우리의 빵들도 마찬가지입니다. 머리 좋은 인간종(種)들이 '바나나'에게만 정을 쏟을 것이 아니라, 세계도처 어디에서도 흔히 볼 수 있는 빵의 종 다양성의 훼손부터 막아야 하는 것이 아니겠습니까? 인간적인 빵들의 육성이 필요합니다.

그럼 '창의력을 고양시키는 소품종 소량생산의 값이 약간 비싼' 빵들을 어떻게 육성해낼 수 있느냐? 이런 구체적인 문제가 우리에게 놓입니다. 빵을 사는 소비자에게 답이 있습니다. 그런 빵을 사는 데 주저함이 없어야 하는데, 문제는 빵이 '고유제'가 아닌 '대체제'라는 점입니다. 빵을 대체할 수 있는 음식 종들이 너무나 많기 때문이죠. '창의력을 고양시키는 소품종 소량생산의 값이 약간 비싼' 빵들을 어떻게 소비자가 고유제와 버금가는 대체제로 키워낼 수 있느냐?

해답은 고급화입니다. 차원을 달리하는 빵집의 탄생입니다. 그러면 '이런 빵집은 어떻게 탄생할 수 있는가? 그리고 고급화란 무엇인가?'라는 화두가 던져집니다. 인테리어가 빵빵하고, 조명이 휘황찬란하고, 기계적 친절이 고급은 아닐 것입니다.

인간적이며 차원을 달리하는 빵집이란, 결국 맛으로 전국적으로 이름을 날리는 유서 깊은 빵집들에서 해답을 찾을 수 있지 않을까요? 그리고 유서 깊은 빵집에 대한 추억을 평생 안고 가는 사람의 정신과 문화에 그 해답이 있지 않을까요? 어렸을 적 빵에 대한 추억 때문에 다시 그 자녀들을 인도하고, 자녀들이 훌쩍 장성하여 그 자식세대들에게 소개되는…, 정(情)이 있는 **빵집**일 것입니다.

빵에서 그것을 만든 사람의 안목과 인생의 깊이가 묻어나고, 그것을 고르는 사람들에게서 직관적 탄성을 자아내게 할 수 있는 문화의 뿌리박음이 필요합니다. '소울 푸드(soul food)'가 필요합니다. 그렇다면 '소울 푸드'는 무엇인가? 특정 시공간에서 한 개체의 촉각, 미각, 후각, 청각, 시각의 5감과, 기층정서와 정렬(alignment)·감응된 강렬한 기억을 의미합니다.

제가 어렸을 때 '소울 푸드' 중 하나가 어머니가 집에서 만들어주신 카스테라입니다. 그 당시는 지금처럼 밀가루 종류가 다양하지 않았습니다. 지금이야 집에서도 '박력분'이니 '강력분'이니 해서 곱고 치밀한 카스테라, 흔히 빵집 혹은 기성 빵 메이커에서 파는 카스테라와 식감과 생김새가 똑같이 만들 수 있습니다. 그렇지만 한 20~30년 전에 '박력분'가지고 카스테라 만들 수 있는 가정집은 그리 흔치 않았습니다. 어쨌건 파전할 때 쓰는 '중력분'으로 만들어진 어머니표 카스테라를 먹곤 했습니다.

레시피를 살짝 훑을까요? 계란 흰자와 노른자를 분리합니다. 먼저 흰자를 큰 플라스틱 보울(bowl)에 넣습니다. 플라스틱 보울의 45도 기울기, 오른 손목의 200~300 RPM의 회전속도, 하완근육의 강력한 토크

(torque)가 어우러져, 어머니표 수제 거품이 만들어집니다. 지금이야 전동 거품기가 있어 순식간에 거품을 만들어낼 수 있지만, 그 당시는 전동 거품기를 가질 수 있는 축복은 선택된 자의 것이었습니다. 꼭 백열전구의 필라멘트 꼬아놓은 듯한 수제 거품기 머리 부위를 열심히 움직여서, 원하는 양의 거품이 겨우 만들어지는 느림의 미학입니다.

같은 방법으로 분리된 노른자도 다른 그릇에서 거품을 낸 후, 흰자 거품과 한데 섞습니다. 그리고는 밀가루를 설탕과 함께 넣고 수제 거품기를 이용하여 부지런히 휘저으면, 꾸덕꾸덕 하고 흐름성 있는 반죽이 얻어집니다. 어머니께서 지인에게 얻었던 동그랗게 생긴 지름 50~60센티 정도의 중고품 풀색 오븐에, 나름 제일 깔끔하다고 생각되는 신문지를 깝니다. 그리고 그 위에 반죽을 붓습니다.

지금에서는 상상도 할 수 없는 일이죠. 신문 잉크에서 나오는 여러 가지 '환경호르몬'들을 생각하면 될 법이나 한 일인가요? 모르는 게 약이라고, 지금이야 아니 그런 짓을 못하지만, 그 당시만 해도 전혀 문제 될 것도, 거리낄 것도 없었습니다. 그리하여 빵 반죽이 오븐에 부어지고, 그렇게 20~30분을 구워내면 맛있는 엄마표 카스테라가 만들어집니다.

빵의 종 다양성 복원은 기실 '만드는 사람'과 '소비하는 사람' 모두에서 동시적으로 '혁신'되어야 얻을 수 있는 결과입니다. 그럼 '만드는 사람'들이 해야 할 일은 무엇인가? 빵에 영혼을 담는 겁니다. 빵쟁이들이 육성되어야 합니다. 'Pan Meister'가 많아져야 합니다. 식감에서 영혼의 울림을 얻고, 모양에서 영혼의 떨림을 취할 수 있는 빵의 개체 수 복원이 시급합니다.

그렇지만 공급자가 그렇게 할지언정, 수요자의 반응이 미적지근하다면 빵쟁이 육성프로젝트는 실패할 수밖에 없고, 현재와 같은 '창의력 부재·다품종 대량 생산의 값이 싼' 종의 득세는 막을 수 없는 비가역적 흐름으로 전개될 가능성이 농후합니다. 공급자가 아무리 장인의 기질을 가지고 있다 한들, 소비자가 외면하면 먹고살기 급급해져 자신을 잃어버립니다. 기본으로 먹고는 살아야 하고, 입에 풀칠은 가능해야 되니 말이죠. 빵에 영혼을 담는 행위, 즉 공급자 위주의 혁신은 충분조건에 불과합니다.

결국은 수요자의 반응이 핵심입니다. 빵을 사 먹는 사람들의 feedback만이 다채로운 개성을 가진 Pan Meister를 탄생시킬 수 있는 '전제'이자 '필요충분조건'이 될 것입니다. 그렇다면 '소비하는 사람들'의 혁신적 사고는 무엇이어야 하는가? 한 사람의 촉각·미각·후각·청각·시각의 5감과 기층정서와 정렬(alignment)·감응할 수 있는 민감한 감수성을 수요자 스스로 개발하는 것뿐입니다. 그 감수성을 '미학'이라고 할 수 있을 것이고, '직관'이라고도 할 수 있을 것이고, '육감'이라고도 할 수 있을 것입니다.

우리가 단련해야 하는 것은 투표근(投票筋)만이 아닙니다. 육감근도 키워내야 합니다. 그리하여 '창의력 고양·소품종 소량생산의 값이 약간 비싼' 빵을 만들어내는 Pan Meister들이 지속적으로 우리에게 soul food를 공급할 수 있는 토양을 제공해야 합니다. 다양한 생태학적 환경에서 빵들이 공정하고 공평한 경쟁을 통해 진화할 수 있도록 배려해야 합니다.

> **P.S** 저는 '창의력 부족·다품종 대량생산의 값이 싼' 빵을 미워하지 않습니다. 빵의 종 보전과 생태건강과 균형이라는 측면에서 다른 종(種)들의 활로 모색의 취지로 글을 올린 것입니다.

# '애벌레'와 'sugar scape' 단상(短想)

1장('애벌레' 단상)

번데기가 굳이 나비가 되려고 탈피하는 이유는 무엇일까요? 털이 복슬복슬하고 징그러운(인간관점) 애벌레들이 힘들게 고치를 짓고, 아름다운(인간관점) 비행체가 되려는 이유는 무엇일까요? 괜한 날벌레가 되려고 안정된 평형상태의 애벌레 환경을 버리는 이유는 무엇일까요?

저차원의 안정상태에서 고차원의 안정상태로의 전이를, '안정상태'라는 '프레임'으로 본다면 '안정'이 순환하는 것으로 보일 겁니다. 하지만 저 차원에서 고차원으로의 이동을 주된 '관점'으로 놓는다면, 발전·진화· 진보라는 단어를 쓸 수 있다고 생각합니다.

애벌레는 바닥에 기어 다니는 삶을 사는 한, 3차원을 가장한 2차원적 생물체에 불과합니다. 그러나 하늘을 낢으로써 비로소 진정한 의미의 3 차원적 생물체로 기능하게 됩니다. 애벌레의 의지로 목표를 이룬 것은 아니겠습니다만, 사람의 눈으로 보았을 때는 발전을 이룬 것으로 보이 지 않습니까? 사람 자체가 '가치' 사슬에서 생명줄이 붙어있는 한 자유 로울 수 없는 존재이기 때문에 그렇게 보일 겁니다.

## 2장(sugar scape 단상)

인간을 비롯한 세상 만물은 '열역학 제2법칙', 즉 '엔트로피 증가의 법 칙'을 따르고 있습니다. 핵심은 무질서도의 증가입니다. 내버려두면 무 질서한 방향으로 갑니다. 그것을 거슬러 올라 질서있는 무엇인가를 형 성하는 것을, 우리는 '가치가 있다.'라고 이야기합니다.

어질러진 방을 깨끗하게 청소하고 윤이 나게 닦은 결과가 우리의 마 음을 참 흐뭇하게 합니다. 그런데 몸은 힘들어집니다. 음식을 태워 근육이 열심히 움직이게 합니다. 근육을 열심히 돌리다 보니 몸에서 많은 열이 만들어집니다. 청소를 하면서 내 주변 공기의 엔트로피를 상승시키는 대신, 방안의 정리정돈이 이루어지며, 마음의 안식이라는 '가치'가 생성됐습니다.

세상에서 존경받는 사람들의 공통적인 특징은, 열역학 제2법칙을 거스르는 행위를 타인과 비교하여 열심히 하는 것이라고 생각합니다. 한 발 더 나아가 열역학을 거스르는 행위를 '열심히' 하기 위해서는 목표가 필요하죠. 한곳으로 노력을 'Targeting' 하지 않는 이상 결과물이 분산되기 때문입니다.

『부의 기원』이라는 '복잡계' 경제학책을 읽어보신 분들은 슈거 스케이프라는 개념을 아실 겁니다. 컴퓨터로 'sugar scape'라는 설탕 지형도를 설정하고, 여기에서 설탕을 찾고, 움직이며, 먹는 random 한 행위자에게 몇 개의 초기조건을 부여합니다.

설탕은 '집적도'에 따라 '지형도'에서 '농담(濃淡)'으로 표시됩니다. 그리고 시뮬레이션합니다. '부의 편중'이란 척도에서 파레토의 80:20 법칙이 그대로 구현됩니다. 특히나 처음 자리한 위치적 조건, 즉 슈거 스케이프의 어떤 위치에서부터 설탕을 구하러 다니느냐에 따라 엄청난 결과의 차이가 나타나게 됩니다. 이것을 '초기 조건의 민감성'이라고 합니다. 여기에 더 복잡한 일련의 조건들을 변수로 추가하면, 현실 경제동역학과 상당히 유사한 결과가 나온다는 것이 슈거 스케이프 이론입니다.

이 이론상으로는 '부'라는 것이 부유한 부류가 가난한 자들을 착취해서 생기는 것도 아니며, 가난한 자들이 게을러서 가난한 것도 아니라는 결과가 나옵니다. 좌파적인 시각도 우파적 시각도 아닌, 자연의 섭리에 가까운 이유로 자연스러운 부의 '편중'이 생긴다는 것입니다.

그냥 내버려두면 자연스럽게 부의 편중이 생기고, 잘사는 사람은 소수가 되고, 못사는 사람은 다수가 되는 구조라는 겁니다. 이것이 사실이라면 부의 편중은 당연히 인간이 통제할 수 없는 영역입니다. 물이 아래로 흐르고 사과가 나무에서 떨어지는 것과 같습니다. 복잡계 경제학적 관점에서는 본 '부의 편중'은 너무나 '자연'스러운 이치입니다.

그런데 못 사는 다수의 사람들이 비인간적인 삶을 사는 것으로 보인다면 마음속에서 어떤 상념이 떠오르지 않을까요? 일종의 분별심이 생깁니다. 어떤 분별심인가 하면, 자연적 이치로서의 결과물인 '부의 편중'이, 비인간적 삶을 조장하는 사회시스템으로 연계되는 것이 과연 옳은 일인가? 어떻게 하는 것이 사회적으로 더 '가치'가 있는 행위일까? 인간다움이란 무엇인가? 이런 생각들이 꼬리에 꼬리를 물며, 가치를 투영할 대상, 체제, 이데올로기를 찾게 됩니다.

인간은 '공정'과 '공평'이라는 사회적 DNA가 밝혀주는 길을 따라, 험난한 물레방아 인생 여정에 오릅니다. 그 사회적 DNA로 '가치'라는 Protein 전사물(傳寫物)이 만들어집니다. 인생길 굽이굽이마다 흘려진 그 전사물이 '내 인생'의 고유한 향기를 내뿜게 합니다. 세상살이 참 복잡하네요. 슈거 스케이프에서 설탕을 찾아다니는 '무작위 존재'가 부럽습니다. 가치니 뭐니 복잡하지 않게 그냥 machine으로 살면 그만인데, 물이 아래로 흐르는 자연의 섭리를 따라가면 그만인데…. 사람은 그렇지가 못하니 말입니다.

# '미아동'과 '주거문화' 이야기

제 일터가 위치해 있는 곳은 미아동, 미아역 근처입니다. 병원 창문 어디에서 봐도 측면 45도로 보이는 북한산 백운대, 인수봉, 만경대 세 봉우리가 정겹습니다. 백운대, 인수봉, 만경대를 삼각산이라고 한다죠? 무학대사가 한양을 도읍으로 삼는데 결정적으로 기여한 봉우리라고 합니다. 풍수지리와 풍경으로 유명한 5대 명산으로 불리는 삼각산과 저와의 인연의 시작은 꽤 오래됐습니다.

전(前) 일터가 위치했던 장위동에서도 삼각산을 볼 수 있었던 것이 인연의 시작입니다. 다만 건물에서는 볼 수가 없고, 도로 상에서 '서울 꿈의 숲' 방면으로 운전하다 보면 삼각산이 정면으로 웅장하게 보입니다. 너무 인연을 과대 포장한 것인가요? ^^ 미아역은 동네상권보다는 조금 더 큰 역세권 상권이라 으리으리한 건물의 수가 비교적 적습니다. 전반적으로 건물이 아담하여 낮은 층고에서도 북한산 조망이 가능합니다. 전체적으로 북한산의 기운이 막히지 않고 흘러내려 오는 느낌입니다.

프랑스 항공사진 촬영 작가 '얀 베르트랑'이라는 사람이 한국을 며칠에 걸쳐 전역을 촬영하고 난 뒤 기자들이 서울의 전경을 하늘에서 돌아본 소감을 묻자 말없이 한숨을 내쉬고 이 두 가지 이야기를 했다고 합니다. "서울은 차로 뒤덮인, 인간에 대한 배려심 없는 삭막한 도시이다.", "무질서함 속에 수많은 복잡한 인간사가 배어 있음을 느낄 수 있었다."

서울 내·외곽 두루두루 아파트 숲입니다. 유럽의 이탈리아, 프랑스, 스페인같이 자연과 조화되는 건축양식이 아니라, 기막히게 자연과 부조화되고 기괴한 느낌까지 주는 건축양식을 보여주는 것이 corea(korea의 고어적 표기)입니다. 아파트라고 하는 건축양식에 대해서도 곰곰이 생각을 해보면 확장판 닭장입니다. 아파트라는 닭장에서 '네가 넓네', '내가 넓네' 하며 으스대고 폼도 내보며 사는 겁니다. 조금 넓은 평수에 살면 위대한 닭이 되고, 조금 좁은 평수에 살면 평범한 닭이 됩니다.

일본강점기를 거치고 한국전쟁을 통하여 60~70년대의 경공업 사회의 진입과 더불어, 먹고 살기 위한 호구지책의 수도 쏠림 현상으로 서울의 인구유입이 폭발적으로 이루어집니다. 그리고 80년 후반부터 축적된 부를 바탕으로, 아파트라는 성냥갑 블록 쌓은 모양의 거주 양태가 일반인의 로망 및 재테크 수단으로 각광을 받으며, 현재의 기이한 복합 전경을 이루게 했습니다. 기이한 복잡 전경이란 단독주택·연립주택·빌라·아파트·고층상가·저층 상가·한옥 등이 비빔밥처럼 복잡하고 역동적으로 버무려진 풍경을 의미합니다.

갑자기 잭슨 폴록(Jackson Pollock)의 작품이 떠오릅니다. '잭슨 폴록'은 복잡하고 역동적인 선의 무늬들로 가득 찬 거대한 크기의 그림을 그의 작품세계 말년에 그려냅니다. '잭슨 폴록'이 유명한 것은 행위예술을 포함한 작품 자체의 질적 수준에도 있지만, 사후 그의 작품들이 '카오스 이론'에 근거한 과학적 분석의 대상이 되며 재조명된 탓도 있습니다.

그는 페인트의 자유낙하를 통한 흩뿌리기 기법을 잘 활용했습니다. 흩뿌려진 공업용 페인트들이 2, 3중으로 겹쳐지며 차원이 다른 작품으로 만들어졌고, 관객들을 열광시켰습니다. 그것은 불규칙성의 규칙성,

부조화의 조화인 카오스 이론입니다. 복잡계 이론의 하나인 카오스 이론은, 겉으로 보기에 불규칙하지만, 그 이면에서 일정한 규칙을 관찰 할 수 있다는 것입니다.

비선형동력학과 비선형방정식을 통한 '프랙탈'이라고 하는 컴퓨터그래픽 구현체(體)는, 카오스이론의 대표상품입니다. '잭슨 폴록'은 본능적으로 추상의 세계를 통해 구체적인 현실로 카오스적 작품을 창조해냅니다. 우리가 사는 시공간은 4차원입니다. 시간을 빼면 3차원입니다. 그 3차원의 근사치에 우리는 살고 있습니다.

무슨 이야기냐 하면, 어떤 사람은 3.12차원을 살고, 어떤 이는 3.65차원을 살 수 있다는 것입니다. 정재승은 그의 저서 『과학콘서트』에서 "프랙탈에서의 차원은 확대율과 그때 생성되는 자기 유사성 도형의 개수로 나타낼 수 있다."라는 이야기를 소개합니다. 프랙탈 차원이라는 복잡계 과학적 척도로 '잭슨 폴록'의 그림을 분석해보면 상당히 높은 차원이 만들어진다고 합니다.

그럼 '비빔밥처럼 복잡하게 버무려진 성냥갑 직사각형 건축물들의 대향연(大饗宴)인, 대한민국 주거 양태가 "잭슨 폴록'의 작품과 같은 고차원적인 예술로 승화된 결과물이냐?'란 질문에는 답하기 난감합니다.

왜냐하면, 우리의 주거형식은 그냥 불규칙의 불규칙성에 불과하기 때문입니다. 아무리 좋은 평을 주려고 해도 과학적 근거가 전혀 없을 뿐만 아니라, 직관적으로도 흉물스럽습니다.

이런 곳에서 사는 사람들의 삶이란, 닭장에서 자연의 순리를 거스르고 달걀을 하루에 한 개씩 생산해야 하는 것과 비슷해집니다. Republic of corea의 자살하는 사람의 수가 인구대비로 그렇게 많은 이유도 알고 보면, 불규칙적이며 비인간적인 거주여건과 관계가 있지 않을까요?

대한민국의 근본 없는 주거문화는, 근현대를 압축해서 살아온 한 국가의 비극이 주거양식으로 체현되어 있음입니다. 일본 제국주의의 총칼 아래에서 근대문명을 받아들였던 대한민국은 새로운 문명 충격으로 정체성 자체가 통째로 흔들렸습니다. 이퇴계(이황)로부터 발원된 성리학의 리(理)에 사로잡혀온 조선 중기 후 300년의 허구적 관념론으로부터, 실사구시의 근대적 가치의 확산이 이루어지지 못한 기반이 문제였습니다.

'근대'가 자체적으로 발아하지 못했기에, 일본 제국주의로부터 이식을 당한 '근대'라는 개념은 그야말로 몸 따로 마음 따로인 셈이었습니다. 내면으로부터 외면화되어 전개되지 못하고 근대적 개념에 의해 머리만 개조를 당한 겁니다. 그러하니 그로부터 온갖 피해의식이 형성되고, 주체화되지 못한 객체적 '근대 문화'의 가지와 잎들만 빈약하게 매달리게 된 셈입니다.

일본강점기는 문화주택과 개조 한옥이라는 주거문화가 자리를 잡아 가게 됩니다. 해방 이후 곧바로 한국전쟁으로 전 국토가 유린당하고 '현대문화'가 외삽 됩니다. 일본에 의한 '근대문화' 이식이 미국에 의한 '현대문화' 삽입으로 이식자만 바뀌었을 뿐, 주체가 우리일 수 없다는 본질은 매한가지였습니다. 그런 부박한 '현대문화'가 머리로만 이식되었을 뿐인데도, 대한민국은 경제적으로 2차 세계대전 이후 최빈국에서 선진국 반열에 오른 세계적으로 유일한 국가가 됩니다.

전통에 근거하지 않고도, 내면으로부터 외부로의 전개에 의하지 않고도, 오로지 외삽 된 '근·현대 문화', 껍데기로만 압축적인 고도성장을 이루는 저력을, 저는 corea의 국민성에서 찾을 수 있다고 봅니다. 성실·근면·선량함, 그리고 밟으면 일어나고 밟으면 일어나는 오뚝이 근성 말입니다.

현재의 Republic of corea는 물질적으로는 유의미한 성공을 거두었습니다. 그러한 전례가 없는 '새로운 길을 열어젖혔다.'라는 것만으로도 대한민국의 국민은 세계인들의 칭송의 대상이 되어야 마땅합니다. 그러나 현재 우리는 경제불황이라는 외핍도 문제이지만, 전통과 주체의식이라는 내면적 맥락에서도 상당한 내핍에 시달리고 있습니다.

'주거문화'적으로 봅시다. 아파트가 아무리 친환경, 친인간적으로 지으려고 해도 아파트 자체가 비인간성을 대표합니다. 옹기종기 모여 살며 고개 들어 앞과 옆을 보려 해도 누가 사는지조차 알 수 없는 격리성, 남들이야 어쨌건 나만 소중하다는 이기적 유전자형 인간의 득세, 소수의 조망권을 확보한다며 다수의 조망권을 침해하는 데 거리낌 없는 표현형들 (phenotype)의 증가, 에너지 소비의 공룡화, 쓰레기 시멘트로 인한 환경공해와 각종 알레르기 질환의 유발…. 이 모든 것이 아파트의 공덕입니다.

편리하다는 이유로 현대판 닭의 인생을 사는 우리입니다. 서울은 처치 불가능할 정도의 아파트 콘크리트 숲으로 바뀌었고, 향후 20~30년 재건축 연한이 다가오게 되면 주거불능 폭탄으로 되돌아올 것이 유력하다고 수많은 전문가가 지적합니다. 재개발이 불가능할 정도로 '효용의 묘, 효율의 묘'를 충실히 하며 고층화시킨 덕분입니다. 현재를 위해 미래를 저당 잡은 덕분입니다.

결국, 저당 잡힌 후세들이 그 무거운 짐을 지고 살게 될 것입니다. 비인간적 조상들이 황폐화시켜 놓은 척박의 땅을 복음의 땅으로 바꿔야 할 의무가 그들에게 멍에 지워질 것입니다. 저라고 무슨 대단한 애국자이겠습니까? 제가 무슨 대단한 영향력을 가진 사회인사이겠습니까? 그저 후세들이 걱정되고, 안타깝고, 미안한 마음이 들어 북한산 자락 세 봉우리를 바라보며, 이런 답답한 마음을 털어놓을 수밖에요. 삼각산과 무언의 대화를 할 수 있을 만큼의 조망이 윤허 된 일터에서 그리 말입니다.

# 『내 영혼이 따뜻했던 날들』 감상기

보통 이런 제목들을 가진 책을 별로 안 좋아합니다. 제목에서부터 무언가 '나'로 하여금 영혼이 따뜻해져야 한다는 의무감을 불러일으키는 책은 좋아하지 않았습니다. 감성을 조작하는 기법을 통해 눈시울을 적시는 책 및 영상매체들을 멀리하는 성격이었던지라, 선물 받은 책이었지만, 거의 2년간 눈팅만 하다가 최근에야 읽게 되었습니다.

'그저 그런 류의 책일 거야!'라고 생각하고 별 기대 없이 읽어내려가다 뒤통수의 충격을 몇 번이나 받았던 책입니다. 읽으며 뒷여운이 참 많이 남았던, 몇 안 되는 책 중 하나입니다. 담담하면서도 무심한 아이의 말을 빌려, '사람다울 수 있는 삶의 태도란 무엇인가?'에 관한 번뜩이는 직관적 통찰을 담아낸 '명저'라고 생각합니다.

주인공 이름은 'Little tree', 작은 나무입니다. 개인적으로 그 이름이 마음에 듭니다. 제 '호'를 혹시라도 만들게 되면 꼭 참고해야겠다는 생각이 듭니다. 처음에는 '에세이'인 줄 알았는데 소설이더군요. 그래도 상당 부분 사실에 기반을 둔 자전적 소설이라고 하니 다행입니다.

'작은 나무'는 체로키족 인디언입니다. 물론, '작은 나무'의 할아버지와 할머니도 체로키족 인디언입니다. '작은 나무'의 할아버지와 할머니는 서로를 매우 사랑합니다. 할아버지는 단순한 삶, 누구에게 의지하지 않는 독립적인 삶, 자연과 더불어 사는 삶, 깊은 이해를 존중하는 삶을 살아가는 사람입니다. 할머니는 할아버지의 모든 삶 + 지혜로운 삶을 삽니다.

할아버지는 자연과 하나가 되어야 하는 인간의 모습이라면, 할머니는 자연 그 자체입니다. 자연과 하나가 되어야 하는 인간과 자연의 틈바구니에서 '작은 나무'가 씩씩하게 몸과 마음을 키워내는 과정을 담은 소설입니다.

　내용 중에서 가장 저에게 큰 울림을 주었던 대목을 소개할까 합니다. 바로 '너구리 잭' 할아버지 이야기입니다. '너구리 잭'이라는 별명은 너구리처럼 심통을 부리거나 짜증을 내고, 울컥하는 그의 생활태도에서 생겨납니다. '너구리 잭'은 '작은 나무'의 증조할아버지 친구입니다. 이야기인즉슨, 증조할아버지와 그의 친구 '너구리 잭'과 있었던 일화를 '작은 나무'의 할아버지가 '작은 나무'에게 전한 내용입니다.

　「할아버지가 어렸을 때 할아버지의 아버지, 즉 나에게는 증조할아버지가 되시는 분에게 친구가 한 사람이 있었다. 그분은 할아버지 집에 자주 놀러 오곤 하셨다. 그분은 나이 든 체로키족으로 너구리 잭이라는 별명을 갖고 있었는데, 사실 항상 너구리처럼 심통을 부리거나 짜증을 내곤 했다. 그래서 너구리 잭의 어디가 마음에 들어서 증조할아버지가 사귀시는지 할아버지는 짐작이 가지 않았다고 하셨다. 할아버지네는 일요일이면 어쩌다가 한 번씩 계곡 입구에 있는 작은 교회에 나가곤 했다. 어느 일요일 신앙고백 시간이었다. 갑자기 이 시간에 너구리 잭이 벌떡 일어났다.

　"여기 있는 사람들 중에 몇몇이 내 등 뒤에서 나를 놓고 쑤군거린다는 걸 알고 있어. 난 그 사실을 똑똑히 알고 있다구. 당신들이 뭣 때문에 그러는지도 알아. 교회 임원 모임에서 나에게 찬송가 상자 열쇠를 맡긴 게 샘나 그렇지? 그렇다면 모두 잘 들어. 그게 마음에 들지 않는 사람이 있으면 지금 당장 나오라고. 내가 가진 걸로 해결해줄 테니." 하며 권총 손잡이를 두들겼다고 한다.

할아버지 말로는 교회 안에는 너구리 잭 정도는 너끈히 감당할 수 있는 건장한 사내들로 가득 차 있었다고 한다. 일촉즉발의 상황에서 증조할아버지가 일어나 잭에게 말씀하셨다. "잭, 자네가 찬송가 열쇠를 어찌나 잘 간수하는지 여기 있는 사람들 모두가 감탄하고 있어. 지금까지 책임을 맡은 사람들 중에서 자네가 제일이래. 행여 자네 기분에 거슬리는 이상한 소문이 떠도는 일이 있다면 내가 지금 이 자리에서 맹세하지만, 여기 있는 사람들 모두가 슬퍼할 걸세."

너구리 잭은 이 이야기를 듣자 그제야 마음이 풀리는지 만족스러운 얼굴로 자리에 앉았다. 다른 사람들도 그제야 '휴!' 하고 한숨을 내뱉었다. 집으로 돌아오는 길에 할아버지는 증조할아버지에게 너구리 잭이 왜 그 정도 일을 가지고 흥분하는지 물었다. 기껏해야 찬송가 상자 열쇠가 아닌가? 그게 뭐 그렇게 중요한 일인가? 그러는 너구리 잭이 도리어 웃긴다고 하면서. 그때 증조할아버지는 할아버지에게 이렇게 말씀하셨다.

"얘야, 너구리 잭을 비웃으면 안 된다. 너도 알다시피 체로키족이 고향에서 쫓겨나 오클라호마 주로 강제로 이주당할 때 너구리 잭은 혈기왕성한 젊은이였다. 잭은 산속으로 달아나 열심히 싸웠어. 그러는 동안에 남북전쟁이 터졌는데, 잭은 이번에는 연방군(북군을 말함)을 물리치면 땅과 집을 되찾을 수 있을지 모른다고 생각했어. 잭은 또다시 열심히 싸웠지. 그러나 결과는 둘 다 패배로 끝나고 말았어. 전쟁이 끝나자 이번에는 정치가들이 들어와서 우리에게 남아있던 얼마 안 되는 것들까지 뺏어가려고 했지. 너구리 잭은 또 싸웠어. 그러다가는 달아나 숨고, 또다시 나와서 싸우고…. 너도 알다시피 너구리 잭은 평생 싸우는 것밖에 해온 게 없어. 이제 그놈이 갖고 있는 유일한 재산이 바로 그 찬송가 열쇠란 말이다. 네 보기에 너구리 잭이 심통을 부리는 것처럼 보였다면…, 그건 아마 이제 싸울 게 아무것도 남아 있지 않아서일 거야. 잭은 그것밖에 할 줄 모르거든."

할아버지는 이 이야기를 듣고 너구리 잭이 너무 안 돼서 울 뻔했다고 하셨다. 그다음부터 할아버지에게는 너구리 잭이 무슨 말을 하고, 어떤 행동을 하는가는 중요하지 않았다. 할아버지는 그를 사랑하게 되었던 것이다. 그를 이해할 수 있었기 때문이다.」

'작은 나무'의 할아버지는 할머니에게 사랑한다는 표현을 "I Love

Ye." 대신 "I kin Ye."라고 한답니다. 그리고 'kin' 어근에 대한 의미에 대해 적습니다. '작은 나무'의 할아버지의 설명으로는 그것이 친척(kin-folks)이라는 단어에서 유래했고, 그 의미가 이해하는 사람, 이해를 함께 하는 사람, 사랑하는 사람의 뜻으로 변했다고 합니다.

아까 동네 뒷산을 오르내리며 습관적으로 내뱉는 '사랑'이라는 단어와 이 책에서 이야기하는 'kin'과의 관계가 문득 떠올랐습니다. 우리는 '사랑한다. 러브 유'라는 표현을 너무 곰살맞게 자주도 쓰는 시대에 살고 있습니다.

'무엇을 사랑한단 말인가?'라는 생각이 듭니다. '네 몸매가 예뻐서 사랑하는 것인가?', '너의 얼굴이 끝내줘서 사랑한다는 것인가?', '너의 고결한 영혼이 사랑스럽다는 것인가?', '너를 둘러싼 스펙과 환경조건이 사랑스럽다는 것인가?', '나를 사랑하는 대체제로서의 너를 사랑한다는 것인가'…? '사랑한다'는 말이 너무 많은 시대에 살고 있습니다. 너무 많아서 그 의미의 가치가 무가치로 회귀하는 시대에 살고 있습니다. 너무 많은 것은 없는 것과 마찬가지입니다.

'응가'가 마려울 때, 의미 없는 '끄응'이라는 단어가 입에서 흘러나오는 것은 '응가' 행위의 전조 혹은 '도우미'로서 가치가 있습니다. 하물며 '응가'의 '끄웅'과는 비교도 할 수 없는, 고도의 의식적 작용 산물인 '사랑해 내기'의 '사랑해'라는 표현은 '사랑해내기'의 전조 혹은 '도우미' 이상의 역할을 수행해야 정상입니다.

'응가'라는 행위에서 '끄웅'이라는 단어는, 내 몸을 거쳐나간 자연 일부를 다시 '대지'라는 대자연의 품으로 되돌리는 자연과의 대화라고 생각합니다. '사랑해내기'의 '사랑해'라는 표현은 결국 '작은 나무'가 이야기하는 'kin'입니다. '이해하기'를 통한 교감입니다. 내 마음을 거쳐 간 자연의 '정(情)'을, 다시 내가 아닌 것의 합집합의 품에 되돌리는 자연과의 소통이라고 생각합니다.

그럼 '이해하기'란 무엇인가? 한 삽 더 파고들어 갑니다. 한 사람을 이해한다는 것은, 그의 온 생애 전반의 역사를 알고 싶어 하는 노력입니다. 또한, 독립적 실존의 외로움을 덜어주려는 측은지심입니다. 알고 싶다는 것은 그럼 무엇인가? 모르겠다는 마음입니다. 모르겠으니 알고 싶어 할 뿐입니다.

그 누군가가 외로워 보여 눈물이 나고, 측은한 마음이 드는 것은 그럼 무엇인가? 너와 내가 둘이 아니라는 마음입니다. 존재 자체에 대한 허무감입니다. '무엇무엇' 혹은 '누구누구' 혹은 세상과의 관계망 속에서 명

명되었던 '내 껍데기'의 허무함을 아는 것입니다. '측은지심'은 엄동설한
에 발가벗겨져 세상으로 내쳐진 '아이'를 보듬는 것입니다. 세상이 무서
워 훌쩍거리고 있는 '아이'를 따습게 안아주는 것입니다.

그 '아이'들이 갑자기 전부 사라졌습니다. 어디에 있지? 장갑차를 신
나게 타고 있습니다. 독일제 700mm 장갑, 7-series 탱크 안에서 나를 무
섭게 만든 세상을 향해 108가지 공격전략으로 탱크 부리를 들이밉니다.
장갑차와 자기가 자웅동체라고 으스대며 허세를 부리고 있습니다. 근데
여태 그 안에서조차 '세상'이 무서워서 훌쩍거리고 있습니다. 그 독일제
장갑차 maker가 잘 안 보이는데…, 아 'Adult'사(社)군요.

무쇠 장갑차에게 쓸고 닦고 기름칠해주며 "장갑차야, 무섭지 마라!"
라고 하면, 장갑차가 "고마워, 울지 않을게!"라고 응답하지 못합니다. 교
감 불가능입니다. 탱크 안 '아이'와의 직접적 스킨십이 아이의 무서움을
없애줄 가장 중요한 수단일 텐데 말입니다. 무쇠 장갑차의 본질을 단박
에 꿰뚫고, 그 안에서 울고 있는 '아이'의 아픔을 같이하는 것이 '측은지
심'이라고 생각합니다.

결국은 모르겠으니 알려고 노력하는 것, 너와 내가 둘이 아님을 아는
것, '내 껍데기'의 사회 관계적 가치의 허무함을 아는 노력이 소년 '작은

나무'가 이야기하는 'Kin'입니다. 이해하기입니다. '전체 인생 역사'라는 축척에서 현재의 말과 행동을 따뜻하게 해석해 줄 수 있는 누군가가 되고 싶습니다. '인생 역사 연장선'의 맥락적 파악을 하는 혜안을 갖고 싶습니다. 그리되면 그 누군가도 저에게 그리하지 않을까요? '너구리 잭'은 참으로 행운아군요.

# '제주' 생활기

   🔖 우도에서 날아온 편지 🔖

「쿠쾅광~! 마른하늘에 날벼락! 날 위해 준비된 고사성어 '청천벽력'….
아무 연고도 없던 의외의 제주로 배치받았을 때의 심정이었다. 하지만
지금은 너무나 익숙하고 평온한, 그래서 너무나 지루한 일상이 되어버
린 지 6개월로 접어들고 있다.

   나의 정체를(근무지?) 아는 혹자들은 이렇게 얘기하곤 한다. "우도 얼

마나 좋으니? 공기도 좋고, 경치도 그만이고, 신선이네, 신선! 좋겠당!"
아, 물론 인정하는 부분이다. 내 방 창문을 열었을 때의 그 호쾌한 전망
과 풍광은 두 눈에 쑤셔 넣어도 안 아플 정도이다. 그래도 나의 대답은
항상 "당신 여기 와서 살아봐!"이다.

아름다운 바다, 해변, 오름(기생화산)을 볼 수 있는, 더군다나 최근 개
봉된 『시월애』의 영화 촬영장소로도 유명해진 이곳 우도는 여름에는 관
광객들로 불야성을 이룬다. 덕분에 한여름에 나는 물 공급이 달려 이틀
에 한 번꼴로 물을 받아 쓰는 처지가 되곤 한다.

2년 전 관광객으로서 바라보던 우도와 현실이 되어버린 우도의 차이
라고나 할까? 그렇게 사람은 자신이 처한 현실에 근거해서 판단하고 행
동하게 된다는 것이 새삼 와 닿기도 했다.

바꿔말해 남의 현실을 나만의 시각으로 바라보고, 재단하고 평가까지
하여 색다른 현실로 왜곡시킨다는 것이기도 하겠다. 어찌 됐건, 그런 여
러 가지 상념에 빠져들게 되는 것이 우도 공보의의 현실인지도 모르겠다.

내 인생의 황금 같은 시절, 평생의 소중한 추억으로 자리매김시키고
싶은 이곳 제주도, 우도 치과관사 방구석에서 뒹굴 거리며 황금의 시간

을 꿈꾸는 게으른 현실처럼 말이다.

"오늘은 누구한테 전화를 걸어볼까?"」

윗글은 모 치과신문에 십수 년 전 투고했던 글입니다.

저랑 제주도는 전혀 인연이 없는 곳이었습니다. 제주시 모처의 관광 호텔로 수학여행을 갔었습니다. 그런 인연뿐이었죠. 호텔은 탑동에 위치해 있었습니다. 수학여행이 의례 그렇듯 관광버스에 몸을 맡기면 버스가 알아서 자동으로 내려주고 실어줍니다. 그냥 똥 돼지가 유명하다니 똥 돼지 먹고, 성읍 민속마을이 유명하다고 초가 돌담 집 들어가서 잠시 이야기 듣다가 오미자 판촉의 대상이 됩니다. 그리고는 공항 근처 토산품 가게에서 '돌하르방' 1개 사오는 뭐 그런 코스들 있잖아요?

그렇게 스쳐 지나가는 인연인 줄로 알았던 제주도, 그것도 '섬 속의 섬' 우도에 '공중보건의사'의 신분으로 들어가게 된 것은 지금 생각해도 참으로 신기하다고밖에 볼 수 없습니다. 당시는 20대 중·후반 한참 혈기 방장한 나이라 섬 속에 갇혀 지내는 것이 못내 힘들어 서울을 2주에 한 번 가는 것이 인생의 큰 낙이었습니다.

제주-서울 비행기 노선이, 금·토에는 서울에서 제주로 가는 쪽 인원이 많고, 일·월은 제주에서 서울로 가는 쪽이 많습니다. 저는 그들과는 반대로 움직이며 한가하게 왕복했습니다만, 돌이켜 보면 왜 공중에다가 의미 없는 돈을 뿌려댔는가 궁금합니다. 차라리 온 제주를 구석구석 샅샅이 훑고 다녔으면 훨씬 좋았을 것을….

지금에서 후회되는 것은 3년간 제주에서 살면서 한 번도 한라산 등반을 안 했다는 것입니다. 결국, 저는 인생에서 단 한 번도 한라산 등반을 못했습니다. 그때는 그것이 살짝 귀찮고 언제든 마음만 먹으면 갈 수 있다, 여겼던 것이죠. 서울 사는 사람들이 남산을 안 가보는 이유와 비슷하리라 생각됩니다.

저는 1년을 우도 보건지소에서 지냈습니다. 그곳은 배 시간이 하절기는 6시, 동절기는 5시에 끊깁니다. 이후의 시간은 철저한 고립입니다. 섬과 나, 두 존재 간의 말 없는 대화만 이어집니다. 바람이 세게 불면 세게 부는 대로 약하면 약하게 부는 대로 섬 풍경이 시시각각 달라집니다. 덩달아 제 기분도 오락가락합니다.

한여름은 바람이 좀 잦아듭니다. 그리고 자연스레 시원한 바다에 몸을 맡깁니다. 우도 내에는 2개의 해수욕장이 있습니다. 1번 '산호사' 해수욕장으로 갈 것이냐? 2번 '하고수동' 해수욕장으로 갈 것이냐? 당시는 그게 실존적 고민거리였습니다.

산호사는 조금만 들어가도 수심이 깊어집니다. 저 같은 '생존밀착형 Dog Swimming' 재주밖에 없는 사람은 급격한 수심변화가 무섭습니다. 근데 하고수동 해수욕장은 완만하게 깊어져 해수욕하기에는 그만입니다. 해수욕장은 항상 자전거로 왕복합니다. 자전거를 타고 가다 보면 길거리에는 차에 치여 '납작이'가 돼버린 뱀이 곳곳에 있었습니다.

현무암 가득한 해변 곳곳에 시멘트 콘크리트로 만든 구조물이 있었습니다. 간이 선착장도 아닌 것이 꼭 사람들 드나들라고 만들어 놓은 것 같은 길이 바다를 향해 비스듬하게 하향(下向)합니다. 아! 그러고 보니 해녀들 편하게 입수하라고 만들어 놓은 구조물 같기도 합니다. 파도가 들이치거나 나가면 조그마한 게들이 어디서 숨었다가 나타나는지 셀 수가 없을 정도로 많았습니다. 잡을라치면 너무 빠르게 도망가서 잡기가 힘듭니다.

가끔 추 낚시도 했습니다. 찌낚시는 부지런해야 합니다. 그리고 전문적 식견을 요구합니다. 채비를 잘해야 하고 프로페셔널 한 손길이 필요합니다. 물론 그에 상응하는 '대물'들이 잡힙니다. 하지만 우리의 'hope' 추 낚시는 그런 거 필요 없습니다. 일단 던집니다. 그러면 뭐가 물려도 물리긴 하는데 전부 잔챙이입니다. 하지만 낚는 재미가 쏠쏠하고요, 전문적으로 채비하느라 시간 낭비 혹은 스트레스받는 일이 없습니다. 역시 어떤 일이든 일장일단이 있습니다.

　그곳에서의 추억을 간직하고 지금까지 살아갑니다. 근자에 우도를 가 봤습니다만 그때와 같은 낭만의 기억은 찾기 힘듭니다. 세월의 무게만큼 늘어난 상혼(商魂)만 눈에 들어옵니다. 생활인이었던 과거와 관광객으로의 현재의 해석 차이 탓으로 돌리고 싶습니다. 적잖이 씁쓸하더군요.
　이듬해 본도(本島)로 나왔습니다. 본도(제주도)로 나왔다는 것만으로 저는 엄청난 출세를 한 것이었습니다. 최소한 배 시간이 끊겨 아무것도 할 수 없는 조건은 아니었으니까요. 나온 곳은 바로 구좌읍 김녕리(만장굴과 미로 공원으로 유명한 곳)였습니다. 2년간 김녕 주민과 더불어 살았습니다.

　결과적으로 보면 3년간의 제 근거지는 제주 동북쪽이었습니다. 관광객들은 우도가 제주 내에서 최고인 줄로 아는 분이 많지만, 김녕도 만만치 않습니다. 김녕 해수욕장의 연둣빛 너울 파도가 춤추면 얼마나 예쁜지 모릅니다. 김녕에서 월정리로 넘어가는 해안도로도 예술입니다. 또한, 김녕에서 제주 중심부를 향해 '중산간' 도로를 타고 들어가다 보면 온갖 오름들이 앙증맞은 자태를 뽐냅니다. 제가 제일 아꼈던 오름은 '용눈이 오름'입니다.

‘용눈이 오름’은 당시만 해도 사람들에게 잘 알려진 곳이 아니었지요. 지금은 그때보다 유명해진 것 같더군요. 마음이 갑갑할 때 혹은 심심풀이로 혼자 그곳을 갔습니다. 아무도 없고 고요합니다. 억새가 바람에 나부낍니다. 키 작은 풀들도 덩달아 바람에 고개를 수그렸다 폈다 합니다. 억새와 풀이 그렇게 율동을 하며 ‘쏴’ 하는 소리를 냅니다. 온전하게 나와 풀이 교감합니다. 바람이 움직이느냐 풀이 움직이느냐, 그것 가지고 제 마음이 씨름을 합니다. 결국은 마음이 움직인 걸로 결론 내립니다.

김녕 근처에는 유명한 비자나무 자연 군락지가 있습니다. ‘비자림’입니다. 평일 낮에 비자림을 갑니다. 역시 사람이 없습니다. 관광객도 없고, 사람 그림자라고는 눈 씻고 찾아보기 힘든, 원시 비자나무 자생지에서 즐거운 고독을 느낍니다. 고독이 이기나 내가 이기나 내기를 합니다. 물론, 내기를 해봐야 이기고 지는 쪽은 없습니다.

향긋한 ‘피톤치드’가 고독과 싸우면 무엇이 남느냐며 그냥 온몸을 자신에게 맡기라고 성화 부립니다. 덕분에 ‘마음’까지 뜻하지 않게 정화되는 호사를 누립니다. 수령이 몇백 년에서 천 년이 넘은 아름드리나무들이 제가 마음에 든다며 제주의 정령에 대해 도란도란 이야기해줍니다.

지금에서 돌이켜보면 제주의 모든 것들이 살뜰히 생각납니다. 제주는 참으로 아름다운 곳입니다. 아직도 궁금 거리가 무궁무진한 그곳을 더 알고 싶은 마음이 듭니다. 오직 모르는 정신으로 다시 탐험하고 싶습니다. 그리되면 새로움이 눈을 초롱초롱하게 하며 일상의 구태와 맑게 별리하는 방편을 일러줄 듯합니다. 추억으로부터 연기(緣起)되는 향기로움을 오롯이 일깨울 듯합니다. 아무럴 것도 없었던 제주와의 인연을 가능케 했던 그 무엇에 깊은 존경과 감사를 전합니다.

# '미야자키 하야오' 연찬

저의 정서적 후원자가 두 분이 있습니다. 시각 정서 담당은 '미야자키 하야오'입니다. 청각 담당은 '엔니오 모리코네'입니다. 이 중 오늘은, 시각 담당을 자임하신(^^) '미야자키 하야오'에 대한 소회 들어갑니다.

"푸른 바다 저 멀리 새 희망이 넘실거린다. 하늘 높이 하늘 높이 뭉게구름 피어난다. 여기 다시 태어난 지구가 눈을 뜬다. 새벽을 연다. 헤엄쳐라. 거친 파도 헤치고 달려라. 땅을 힘껏 박차고 아름다운 대지는 우리의 고향 달려라. 코난 미래 소년 코난, 우리들의 코난." 미래 소년 코난의 주제가입니다.

어려서부터 너무도 익숙하게 들어서 지금껏 외우고 있습니다. 어려서는 가사에 큰 의미를 두지 않고 반사적으로 흥얼거리곤 했었는데, 지금 보면 참 가사가 시적(詩的)입니다. 이외수의 『아불류 시불류』에 이런 이야기가 나옵니다.

> 「술 한잔 마시자. → 술 한잔 꺾자.
> 밥 한번 사겠다. → 밥 한번 쏜다.
> 웃었다. → 뿜었다 등등」

시간이 갈수록 공격적 어휘구사가 늘어나는 것과 '세상살이가 참 각박해진다'는 의미와의 상관관계에 대해서 말입니다. 그런 측면에서 보면 미래 소년 코난의 가사는 수십 년 전에 지어진 것이고, 그때의 정서는 최소한 '지금보다 덜 메말라 있지 않았겠는가?' 하는 생각이 듭니다. 이야기가 딴 길로 샜습니다.

파스텔톤의 색상과 특유의 곡선을 많이 사용하는 '미야자키 하야오'의 부드러운 터치감은, 노곤한 향수를 느끼게 합니다. 대부분의 작품 등장인물의 복식, 배경은 1930~40년대 이탈리아입니다. 이탈리아~ 이탈리아~. 일본인들이 유럽을 동경한다 치면 영국·프랑스·스페인 등 수많은 나라가 있을 텐데, 왜 하필 이탈리아일까?

합리주의로 대표되는 로마문명의 적통을 이어받은, 유일한 동아시아 국가 코스프레를 하고 싶었던 것일까? 아니면 '로마'라는 고대국가에 대한 열렬한 사랑이 '시오노 나나미'부터 '미야자끼 하야오'를 관통하는 전

(全) 일본인(人)적 특성이었던가? 아니면 2차 세계대전 시 독일·이탈리아·일본의 3국 동맹의 감사함을 표시하기 위한 역사적 인식에서 출발했던 것일까? 이것도 저것도 아니라면, 그냥 그곳이 좋아서일까? 이탈리아인의 낭만적인 성향, 지중해 날씨, 이태리어의 부드러움이, 그의 작품 세계의 상성과 필치에 잘 맞아떨어졌기 때문이 아닐까라고 생각해보렵니다.

미래 소년 코난, 바람계곡의 나우시카, 붉은 돼지, 천공의 성 라퓨타, 토토로, 원령공주, 센과 치히로의 모험, 하울의 움직이는 성…. 미야자키 하야오의 작품들입니다. 그 중 저의 마음을 빼앗았던 작품은 단연『센과 치히로의 행방불명』입니다.

전체적인 줄거리는 소녀의 극기(克己), 그리고 자연과 인간의 공존입니다. 소녀 '치히로'는 소년 '하쿠'의 도움을 받습니다. 소녀와 소년은 서로를 좋아합니다. 그렇지만 사랑은 아닙니다. 만질 수 있을 것 같으면서도 만질 수 없는 애틋함이며, 추억의 '바로 알기'입니다.

'치히로'는 강의 신에 박혀있던 쓰레기 더미를 손으로 파헤치고 뽑아내어 강의 신(神)을 흡족게 합니다. 그래서 강의 신에게 흑환(黑丸) 한 개를 선물로 받습니다. 가냘픈 한 소녀가, 인간류 전체의 환경 파괴 원죄를 대속합니다. 어렸을 때 뛰어놀던 '하쿠' 강을 더럽힌 어른들의 죄를 대신하여, 죽음의 오염에 신음하는 '하쿠'에게 강의 신에게서 받은 흑환을 먹입니다. 치히로의 순결함으로 자연과의 화해를 도모한 것입니다.

'센'과 '치히로'의 행방불명 중 각종 신을 위한 연회를 베풀 때, 검은 몸통의 하얀 가면을 쓴 '카오나시'라는 괴물이 나옵니다. 개인적으로 센과 치히로의 행방불명 중 가장 눈여겨봐야 할 등장인물이라고 생각합니다. '카오나시'가 곧 우리 인간들을 대변하기 때문입니다. 탐욕의 시험에 들게 하고, 탐욕심에 눈먼 존재들을 한입에 먹어치우고, 계속해서 그 비대한 몸을 불려 가는 '카오나시'에게 '치히로'는 눈엣가시가 됩니다.

우리의 영웅 '치히로'는 '카오나시'가 아무리 탐욕의 시험에 들게 해도 말려들지 않고, 오히려 탐욕괴물 자체를 해체해버립니다. 그러자 탐욕괴물은 모든 것을 토해버리고 원래 마음자리로 돌아옵니다. 원래 마음자리란 조용하고 수줍게 자신을 관조하는 것입니다. 세상을 민감하고 호기심 어리게 바라보는 것입니다. '카오나시'는 '치히로'가 '유바바'의 쌍둥이 언니 '제니바'를 향하는 길에, 살갑고 수줍게 적요(寂寥)한 동행을 합니다.

물 위를 미끄러지는 기차를 탄 '치히로' 일행은, 소리 없이 기차를 타고내리는 검은색 '정령(精靈)'들과 마주합니다. 검은색 정령들과 치히로 일행은 마주치지 않습니다. 마치 차원을 달리하는 존재들의 조우입니다. 서로에게 영향을 끼치지 못합니다. 그러나 그 쓸쓸한 일상의 모습을 관조할 수는 있습니다. 정보화시대, 산업화시대를 살고 있는 파편화된 우리들의 자화상입니다. 영혼 없이 이리저리 헤매는 현대인들의 일상입니다.

정령의 세계에서 '치히로'는 '쎈'이라 불립니다. 치히로는 정령의 세계에서 정령이기 때문입니다. 정령의 세계에서 존재하려면 반드시 '쎈'이라 명명되어야 하고, 그리해야 존재 가치가 생깁니다. 존재는 실존하기 때문에 존재가 아닙니다. 존재는 가치 하기 때문에 존재입니다. 뭐라고 '명명'되어야 사회적 관계망 속에서 의미를 가지는 '가치'가 생성되는 것이 인간 아닌가요?

물 위의 선로를 미끄러지는 기차를 타고 있는 검은색 정령들은 바로 '인간계'의 '존재'들입니다. 검은색 '정령'들은 '서로에게도' 영향을 끼치지 않습니다. 그저 기계적이고 반복적 일상들과 몸으로 이야기할 뿐입니다. 외롭고 쓸쓸한 인간계의 실존, 정령계의 정령을 물끄러미 바라보고 있는 '쎈'과 '카오나시', '아기 쥐'가 오히려 그들을 보고 일종의 생각이 생깁니다. 차원을 달리하는 존재들 간에 '관조'라는 방법을 통한 소통이 이루어지는 순간입니다.

'미야자키 하야오'는 작품에서 소녀·소년, 아름다운 자연·파괴된 자연, 멸망·회복, 낭만·향수 등을 이야기합니다. 기계문명과 산업문명으로 피폐해진 어른들의 정신세계와 물질세계를 들여다보고 그 연장선에서의 불편한 미래를 그려냅니다. 그렇지만 멸망한 고토(古土) 위에서, 새로운 희망을 미래세대로부터 얻으려 합니다. 그것이 소녀와 소년으로 상징되는 것입니다.

그런데 소년보다는 소녀가 이야기의 중심이 됩니다. 작가 자신이 '남성'임에도, 소년보다 소녀 친화적 내용의 전개는 어떤 의미를 가지고 있을까요? 파괴된 자연이 모성의 파괴를 의미한다면, 미래세대의 소녀는 모성 회복의 상징을 의미하는 것이라고 생각합니다. 물론 모성의 회복이 거저 얻어지는 것은 아니겠죠. 소녀의 극기, 자연과의 하나 됨을 통해 이루어냅니다. 소녀는 순수한 영혼의 결정체입니다. 제아무리 힘든 시련이 맹위를 떨친다 한들, 그에 비례하여 영혼의 강인함을 키워냅니다. 그리고 세상과의 소통에 나섭니다. 세상의 정령·영혼들과의 대화에 나섭니다. 그리하여 온 우주와 이어집니다.

치히로가 엄마·아빠의 탐욕 죄의 사함을 받고, '유바바'의 궁전을 떠납니다. 후련하면서도 동시에 뒤통수를 당기는 정령들과의 아름다운 추억을 품고, 인간계(界)와 정령계(界)의 경계를 향해 나아갑니다. 푸른 풀밭에 바람이 입니다. 치히로가 풀밭을 거닐며 인간계의 그리운 엄마·아빠를 만나러 가는 그 길에, '히사이시 조'는 "사랑스러운 소녀야 고생이 많았구나! 넌 자연의 위대한 모성과 많이 닮았단다."라며 멋진 음악을 헌정합니다.

미야자키 하야오는 인간과 자연의 동화(同化)를 아름다운 동화(童話)로 풀어내어 새 시대의 인간과 자연의 관계적 담론과 연결 짓습니다. 그의 작품에서 느껴지는 깊은 감동과 폭넓은 공명이 '미야자키 하야오'라는 존재를 '저패니메이션'계의 거장으로 우뚝 세웠습니다. 제 시각적 정서의 후원자에 대한 소개…. 이쯤에서 갈무리합니다.

# '학내 노래 콘테스트를 추억하며…'

"지금은 저마다의 작은 울림이지만

우리의 맘을 이어 이어 함께 한 노래

맑은 세상 하늘 위로 힘차게 번질 거야


세상의 모든 아픔들 너의 얼굴에 드리울 때

내 마음을 닮은 노래를 네 가슴속으로

한겨울 까치밥의 넉넉함으로

표정 잃은 사람들에 웃음을 주고

나의 노래 눈송이 되어 지친 가슴 두 손 위에

지금은 저마다의 작은 울림이지만

우리의 맘을 이어 이어 함께 한 노래

맑은 세상 하늘 위로 힘차게 번질 거야”


제목은 기억이 안 난다. '까치밥'이었던가, '노래'였던가? 무엇이면 어떤가? '노래 여울'의 친절하고 사람 좋은 웃음으로 기억되는 '박' 선배가 곡의 콩나물 머리를 얹어주었다. 작사·작곡은 대충 떵땅 하면서 만들수 있었지만, 악보화 하는 것은 우리 취미가 아니었고, 우리 능력 밖의일이었기 때문이다. “박 누님, 어디서 무엇 하고 사시오?”


좁아터진 동아리실에서 '문군, 이군, 김군, 황양'은 작사·작곡을 하겠다며, 그렇게 머리를 굴리고 펜대가 바삐 뒤따르는 창작의 배설을 하였다. 이 심금을 울리는(?) 가사는 거의 80%가 천재적 감수성의 소유자 '문'군의 작품이었다. 그리고 17.5%가 '황'양과 '이'군의 작품이었다. 나머지 2.5%가 이 세상의 감성적 영혼들의 '배타적 지지자'였던 나 '김'군의작품이다.

여자의 마음을 헤아리지 못하는 투박하고 촌스러웠던 남자 선배 3인과 그 틈바구니에서 어떻게든 버텨보겠다며, 고민의 씨앗을 홀로 파종하고 추수까지 하려던 '황'양의 노고를 추억한다. 물론, 후일 '황'양은 타동아리에서 '피안'을 발견하고 '이민'하였다.

실상 천재적 감수성의 '문'군, 논리적 지략가 '이'군, 무근거에 근거한 '나신교' 교주 '김'군은 서로 다른 개성을 조화롭게 활용하여 시너지를 유발하는 경우도 가끔 있기는 하였으나, 없는 경우가 훨씬 많았다. 그럼에도, 동아리는 그런대로 잘 굴러갔다. 신기하게도….

그것은 부조화의 조화로움이었다. 부조화로 인한 구조적 긴장성의 착근이었다. 하나의 목표 그 일치를 향한 확연한 별리였다. 그리하여 잘 굴러갔으면 됐지 무엇이 더 필요할까? 좋은 추억거리들만 남고 말았는걸….

지금은 본인들 인생자리에서 최선을 다하며 고해의 바다를 씩씩하게 잘 헤쳐나가고 있다. 그들은 노래 가사를 잘 기억하지 못한다. 그들을 대신해 이렇게 먼지 앉은 창의의 '노고'물(物)을 꺼낸다.

# '진화'와 '진보'이야기

- 들어가며 -

진보와 진화의 밀접한 연관에 대해 논할 것입니다.

전체적 뼈대는 리처드 도킨스의 DNA 진화론을 차용합니다.

## 1. DNA의 진화 전략

DNA란 도대체 무엇일까요? 이것은 우리를 흘러가게 하는 시간에 대한 분석에서 출발해야 합니다. 시간의 기본적 속성은 압도적인 억겁의 과거와 찰나라고도 할 수 없이 짧은 현재, 그 현재라는 순간적 섬광을 만들어내는 주원료인 미래라는 3가지 요소로 구성됩니다.

인간에게 주어진 DNA는 그러한 과거·현재·미래의 시간축과 지구환경이라는 공간축 상의 변화에 대한 생물계의 도전과 응전의 역사물입니다. DNA는 그 자체적으로 가치 중립적인 과거의 기록입니다. DNA 자체가 의식적으로 비교우위라는 선택을 하는 주체일 수 없음은 현대 과학의 맥락에서 이미 밝혀진 바입니다.

그러나 수십억 년의 시간이라는 축척으로 본다면, 마치 DNA가 무수한 돌연변이 과정의 축적과 환경변화의 적응 결과물로써 생물체의 종 다양성의 무한발산(복잡성의 증대)이 있게 한 주체라는 착각을 불러일으킬 수 있다고 봅니다. 그런 의미에서 DNA는 개체의 크기, 먹이사슬 등의 적절한 매개변수로 예측 가능하며 형태학적으로 일정한 수렴현상을 보이게 하는 진화를 만들어냈다고도 이야기할 수 있습니다.

태양이라는 열에너지가 지구로 계속 유입되는 환경, 지구와 태양 간의 적절한 거리, 대기권이라는 3가지의 절묘한 하모니가 진화를 지속적으로 도와주었습니다. 특히, DNA의 특이 돌연변이이자 궁극의 축적체 '호모사피엔스'들은, 우연히 불을 자유자재로 사용할 수 있게 되면서부터 급격한 지능적 진화를 이루어냈다는 이야기가 『요리본능(저: 리처드 랭엄)』이라는 책에서 소개됩니다. 그리고 현재 '호모사피엔스'들은 '가이아(제임스 러브록의 『가이아의 복수』에서 지구를 의인화합니다.)와 어깨를 나란히 하고 지구환경을 쥐락펴락하고 있습니다.

DNA 진화의 함의는 대략 이렇습니다.

– 모든 것이 하나에서 출발했다.

– DNA 연결방식과 연결된 수에 따라 다양한 개체들이 나타난다.

– 환경변화에 따라 적응하거나 도태된다.

– 성 선택/형질분기에 의한 획득형질에 의한 개체의 형태변이가 일어난다.

진화의 주체로 가정한 DNA가 살아남기 위해 취해온 진화 전략의 핵심은 무엇일까요?

– 가이아의 변화에 적극적인 도전과 응전

– 종 다양성으로 급변에 대한 충격완화

## 2. 개체 진화 전략

동물 개체와 해당 집단은 서로의 존재가치를 증명합니다. 인이 아닌 인간인 이유입니다. 집단의 명운이 개체의 존폐를 결정하기도 합니다. 반대도 가능합니다. 그래서 어떤 선택의 지점에서 각 개체에 불리한 결정이 집단 전체에 이익이 되는 경우, 개체는 이타적 행동을 우선적으로 하게 됩니다.

개인과 집단의 동시적 '이기'는 어차피 개체의 자연스러움의 발로이기 때문에 노력하지 않아도 얻어지는 것이지만 '이타'는 다릅니다. 특히 개체단위의 해로움과 집단단위의 이로움의 동시적 교차점에서의 선택은 '열역학 제2법칙(엔트로피의 법칙)'을 거스르는 노력이 필요합니다. 그 노력으로 얻는 대가가 노력의 힘 이상이기에 이타적 행동이 논리적 타당성을 지니는 것이라고 봅니다. 그런 의미에서 이타와 이기는 적절하게 버무려져야, 빠르게 변하는 현실에 맞춰 진화의 톱니바퀴를 안정적인 negative feedback의 선 순환고리로 인도합니다.

무기 경쟁도 개체진화에 크게 기여합니다(빠른 치타와 Vs 빠른 영양). 그리고 '들소의 날카로운 뿔과 덩치 Vs 사자의 날카로운 송곳니와 협공' 등이 그것입니다. 이 밖에도 수많은 개체진화 요인들이 있겠지만,

이글에서는 '이타와 이기의 적절한 배합과 무기경쟁' 2가지로만 압축하겠습니다.


### 3. 사회·문화적 진화 전략

인간사에서 끊임없이 싸우고 획득하려고 노력해왔던 가치들은 무엇일까? 긴 투쟁의 역사를 보면, 인간 내의 사회 문화유전자가 이루고 싶어했던 투사체인 사회·문화적 진화가 보입니다. 사회·문화 유전자는 진정한 의미의 획득형질입니다.


사회·문화적 DNA인 meme이 진화하는 전략은 무엇일까? 바로 모방입니다. 그럼 무엇에 대한 모방일까요? 약탈, 방화, 살인, 독재, 억압, 전쟁 등 사람이 사람을 해하는 일이 아닌, 사람이 사람을 이롭게 하는 일이 성공적으로 수행되어왔던 전례들이 바로 모방의 대상인 것입니다. 자유 평등 박애 평화 등등 인간다움의 가치라고 불려지는 것들입니다.


그렇다면 인간다움, 곧 휴머니즘이란 것이 과연 무엇일까? 한낱 DNA 운반기계로써 동물의 한 종에 지나지 않는 인간이 주제넘게 인간다움을 역설하는 이유는 무엇일까? 그것은 호모사피엔스가 이루어낸 최근의 정신적·물질적 진보가 자연이 감당할 수 있는 역치 이상을 조종해서 얻은 것이기 때문입니다. '근대과학과 산업혁명'은 철학적 진보에 엄청난 가속도를 붙였습니다. 인간은 지구 역사 50억 년 이래, 세상을 해석하는 시야의 차원이 달라지는 초유의 지적 자유를 획득한 것입니다.

그런 풍부한 지적자산 기반하의 '물질적 진보'는 환경의 변화에 의해, 인간이 적응되는 자연스런 현상을 인간에 의해 환경이 반응하는 부자연스러운 현상으로 바꿨습니다. 수동의 존재에서 '가이아'와 함께 지구 지배의 능동적 존재가 되었습니다. 그런 실존이 되어 책임 없는 자유와 권리, 즉 방종만을 최우선적 가치로 삼고 지구의 다른 존재들을 현재까지도 농락하고 있습니다.

앞으로 인간이 아닌 다른 실존들에 대한 권리를 옹호할 책임이 분명히 인간에게 있습니다. 주도를 한다는 것은 그 상황에 대한 책임까지 주어지는 것입니다. 주도와 책임은 양날의 검입니다. 인간이 아닌 다른 실존들과의 공존이라는 사슬이 서서히 녹이 슬어 끊어지게 되면 전 지구적 파국을 보게 되리라는 것은 자명합니다.

'휴머니즘 1: 인간 이외의 실존들에 대한 책임의식'
정신적 진보는 과학문명 발달과 궤를 함께 해왔습니다. 아래는 원자로부터 위로는 우주까지 방대하고 정확한 세계관을 만들어왔습니다.

나, 지구, 은하수 따위는 온 '우주'에 비하면 그저 항하사의 모래 한 알 정도일 따름입니다. 그런 온 '우주'도 우주 전의 무의 역사, 혹은 평행 우주론에 입각한 여러 형제 우주들과 비교해보면 대형빌딩의 나사못보다 못합니다.

scale을 줄여봅니다. 전자의 위치, 속도의 동시 측정 불가능성, 순간이동을 하는 전자, 파동과 입자의 성질을 동시에 지니는 광자와 전자, 슈레딩거의 확률 파동에 입각, 관측이라는 행위 자체의 개입 즉시 확률이 무너져 무한의 결론이 한 개의 결론으로 수렴하는 현상 등은 도저히 인간사의 축척에서는 반직관적인 상식들입니다. 이런 믿기 힘든 사실들이 미지에 대한 경외감을 만드는 게 아닐까요?

'휴머니즘 2: 미지의 세계에 대한 경외감과 겸손함'
복잡계라는 학문에 대해 들어보셨을 겁니다. 복잡계의 논의 대상은 Micro와 Macro의 중간 우리가 사는 어딘가의 세계를 초점으로 합니다. 복잡계의 대표 상품 프렉탈을 봅시다. 프렉탈이란 축척을 막론한 자기구조 유사성을 의미합니다.

자기구조 유사성을 보이는 예들이 참으로 많습니다. (생체 내 혈관 분지), (나뭇가지·잎·잎맥 분지), (러시아의 마트료시카 인형), (해안선) 등이 프랙탈의 예입니다. 완전한 혼돈으로 보이는 데이터들을 비선형 동력학에 기반을 둔 비선형방정식을 통한 계의 자기 조직화 능력이나 자발적 정보처리 능력을 시각적으로 확인할 수 있는 패턴이 바로 '프랙탈'입니다.

이러한 복잡계가 가지는 함의 중 하나는 자아의 세계화와 상통한다고 생각합니다. 모세혈관의 분지를 확대하면 작은 혈관 분지와 같습니다. 작은 혈관의 분지는 대혈관의 분지와 형태적 유사성을 갖습니다. 마찬가지로, 인간이 모여 이익단체를 이루고 집단지성이 됩니다. 집단지성이 모여 사회가 만들어집니다. 사회가 모여 국가를 이룹니다. 국가가 모여 세계가 됩니다. 세계가 모여 지구를 이루고, 행성이 모여 태양계를, 태양계가 모여 은하가 되고, 은하가 모여 은하단이 됩니다. 은하단이 모여 우주를 이룹니다. 이렇듯 자기구조 유사성의 연역의 논리 사슬은 자아의 세계화로 귀결되지 않을까요? 논리의 비약이 조금 심한가요? ^^

내가, 내가 아니라 미묘하게 모든 것과 연결이 되어있고 내가 모든 것일 수 있는 세상입니다. 축척을 넘나드는 시각으로 우리를 자각한다면 '대아'이면서 '중아'이며, 동시에 '소아'이기도 한 것이 우리의 존재입니다. 북경의 나비가 날갯짓을 하면 뉴욕에 폭풍우가 몰아치는 것처럼 우리의 작은 행위가 거시적인 형태의 큰 변화를 볼 수 있게 합니다.

'휴머니즘 3: 자아의 세계화'

즉, 사회·문화적 meme의 진화전략은 보편타당하고 이미 검증된 모 방전략입니다. 그 모방의 대상은 휴머니즘이라 전술했었습니다. 휴머니 즘의 3요소를 다음과 같이 보기 좋게 정리하겠습니다.


① 인간 이외의 실존들에 대한 책임의식
② 미지의 세계에 대한 경외감과 겸손함
③ 자아의 세계화


이제까지의 논리를 단순하게 정리해보면 다음과 같습니다.


① DNA가 살아남기 위해 취해온 진화 전략의 핵심은 무엇인가?

– 가이아의 변화에 적극적인 도전과 응전

- 종 다양성으로 급변에 대한 충격완화


② 개체 진화의 전략의 핵심은 무엇인가?

– 이기와 이타의 적절한 배합

– 무기경쟁


③ 사회·문화적 meme의 진화전략의 핵심은 무엇인가?

- 인간 이외의 실존들에 대한 책임의식
- 미지의 세계에 대한 경외감과 겸손함
- 자아의 세계화

지금까지 진화를 살펴보았습니다. 진화가 적절한 매개변수에 의해 종 다양성의 증가라는 형태로 발산을 하고 형태학적으로 예측 가능한 수렴현상을 지니듯, 진보도 적절한 매개변수에 의해 사상과 체제의 종 다양성의 증가라는 형태로 발산하고 사회·구조적으로 예측 가능한 형태로 수렴할 수 있다고 생각합니다.

이런 논리 확장을 통한다면 진화와 진보는 본질적으로 같은 속성을 가지고 있다고 해도 무방하지 않으리라 생각됩니다. 그렇지만 진화와 진보가 다른 것은 바로 가치중립 여부입니다. 진화는 그 자체가 machine 입니다. 가치 중립적입니다. 하지만 진보는 그렇지 않습니다. 진보는 가치 편향적입니다. '진보'는 인간에 의해 탄생한 사회적 언어입니다. '가치 중립적 진화'가 '가치 친화적 진보'가 되기 위해 첨가되어야 할 논의요소는 무엇일까? 다음과 같이 이야기해보려 합니다. 진보의 정의를 먼저 살펴보겠습니다.

### 진보란?

– 정도나 수준이 나아지거나 높아짐.

– 역사 발전의 합법칙성에 따라 사회의 변화나 발전을 추구함.


진화전략 + 바른 규율(정체성) + 목표 = 진보


제가 생각하는 공식은 간단합니다. '진보는 모든 축척 수준의 진화조건을 만족하면서 올바른 규율로 무장하고 목표를 향해 뚜벅뚜벅 걸어가는 길이다!' 위에서 진화전략을 살펴보았으므로 지금부터는 '올바른 규율과 목표란 무엇인가?'에 대해 살펴보려 합니다.


### 규율

불가에서 이야기하는 '대자유인'이 되는 것을 내 인생의 종국적 목표라고 가정해보죠. 그렇다면 불가에서 이야기하는 법신에 의거 해탈과 열반을 향해 열심히 정진합니다. 한발 더 나아가 대자대비한 '보리심'을 발휘하는 것을 목표로 거듭 수행합니다.


율법을 지키고, 참선을 하고, 경전공부를 하고, 세속과 결별하는 그 과정들이 '대자유인'이라는 목표를 향한 일종의 옳은 방식의 공부이자 법도일 것입니다. 어떤 사람이 경전을 읽다가 '색즉시공'이라는 단어에

feel이 '팍' 꽂힙니다. 경전공부도 공이고, 참선도 공이고, 율법도 공이며, 세속과 이별하는 것도 '공'이라고 생각하여 율법대로 하지 않는다고 칩시다. 끝없이 '공' 자체에 탐닉을 합니다. 공에 집착하여 순간순간 생생한 판단을 내리지 못하는 것은 큰길에 이르지도 못하고 자꾸 샛길로 빠지는 격일 겁니다.

'응무소주 이생기심', 즉 응당 머무르는 바 없이 그 마음을 내어 순간순간 '즉여(即如, truth just like this)' 하게 적절한 판단을 내리고 끊임없는 망상과 시시비비의 전투에서 승리하는 과정만이 '대자유인'을 향한 쉼없는 노정이라고 생각합니다. 그런데 중도의 관점으로 세상을 해석하고 진공묘유를 지향하는 불가에서도 대자유인이 되는 과정에서의 적절한 방법에 대해서는 시비의 관점을 택할 수밖에 없는 기묘한 패러독스가 존재합니다. 이것이 규율즉여법도입니다.

다른 예를 들어볼까요? 훌륭한 강도가 되기 위해서는 어떻게 해야 할까요? 성공하는 강도는 내 이익을 위해서 물불을 가리지 않으면서 남이야 죽든 말든 치밀하게 전략을 짜서 남의 재화를 가지고 오는 것입니다. 일단 잔인한 마음을 가져야 하고, 붙잡히지 말아야 하고, 증거인멸에 능해야 하고, 내 것과 네 것이 모두 내 것이라는 마음 등이 필요합니다. 인간미가 넘치고 허술한 뒤처리 능력을 갖춘 강도는 그 세계 경쟁의 장에서 퇴출당하고 맙니다. 강도라는 목표가 세워지게 되면 그것을 이루는 과정에서 반드시 갖추어야 할 요건이 생기고, 이것이 바로 그 세계에서의 규율즉여 법도입니다.

규율과 법도의 다른 이름은 정체성이라고 생각합니다. 인간다운 규율이란 인간의 정체성을 밝혀줍니다. 두더지다운 규율이란 두더지의 정체성을 일러줍니다. 규율은 일시에 만들어지게 아니라 씌워졌다, 지워졌다, 덧입혀진 역사의 누더기이지만, 속한 존재들을 가치 있게 만들어주는 핵심입니다.

그렇다면 정체성이란 무엇이냐? 내가 누구인가를 아는 것입니다. 남보다 나를 알기가 훨씬 어렵습니다. 그것은 내 눈의 들보는 보이지 않고 남의 티는 수미산만 하게 보이는 인간의 본질적 속성 때문입니다. 나를 아는 것, 내 공동체를 아는 것, 내 나라를 알려는 노력은 나와 세상과의 소통을 극대화하는 좋은 방법이라고 생각합니다. 정체성이 하는 일은 간단합니다. 바로 나라는 '객관적 존재'로부터 '가치적 실존'을 추출하는 일입니다.

국가공동체에 대해서도 동일한 논리가 적용 가능하다고 생각합니다. 우리 사회가 어떻게 되어야 하는가? 혹은 대한민국이 어떤 나라가 되어야 하는가? 당연히 훌륭한 강도가 되는 것 따위의 혐오감을 느끼는 규율이 아닌 모든 사람에게 보편타당한 규율을 통해 하고자 하는 목표를 세우고 진화전략으로 매진하는 나라정책을 세우는 일, 그것이 아닐까요?

뜬금없이 규율과 이데올로기의 관계가 뒤통수를 스칩니다. 왜냐하면, 우리는 이데올로기의 치열한 각축 속에서 국권침탈과 한국전쟁을 비롯한 동아시아의 비통한 역사를 온몸으로 받아낸 민족이기 때문입니다. 도대체 그 지긋지긋한 이데올로기가 무엇이냐? 행동규범, 입장, 가치를 포괄하는 이념적 제형태라고 합니다. 이데올로기의 의미가 그렇다면 이데올로기의 좋고 나쁨이 무엇인가 한 발 더 나가고 싶어집니다.

나쁜 이데올로기는 '사람'을 무시합니다. '사람 간의 관계'를 무시합니다. 세계를 무시하고 새장 속으로 칩거하며 순 잔소리만 늘어놓습니다. 좋은 이데올로기는 실시간으로 '즉여'(truth just like this) 하게 현실과 공존하고 소통합니다. 좋은 이데올로기는 사회적 변화에 대해 항상 혁신적입니다. 바람직한 이데올로기는 행동규범, 입장, 가치의 내용·형식 간의 아름다운 선순환 구조를 통해 그 가치를 만들어냅니다.

그런데 이게 현실에서는 쉽지 않습니다. 왜냐면, 내용·형식 간의 아름다운 선순환 구조를 통해 새로운 차원의 내용·형식으로의 승화를 막는 제도적 혹은 기술적인 방해공작이 있기 때문입니다. 그 배후에 바로 이데올로기 '탐욕귀신'들이 있습니다.

'이 탐욕쟁이'들은 이데올로기가 마치 그들의 전유물인양 행세합니다. 이데올로기로 뭇 사람들을 지배하려 합니다. 그들은 이데올로기에 자기 욕정이라는 오염된 페인트로 색을 덧칠하고 자기들 취향으로 모양 내버린 '프레임'을 '대중'들에게 제시하고 강요하는 오피니언 리더로 행세합니다. 누군가의 사적 전유물이 되는 이데올로기는 쓰레기 집화장에 갖다버려야 합니다. 그것이 파쇼이고, 독재이고, 교조이며, 근본주의입니다.

다중지성들의 세상을 바라보는 틀을 왜곡시키는 이데올로기 독재 도깨비들을 막는 방법은 우리가 누구인지 아는 노력일 것입니다. 우리 사회를 아는 노력입니다. 앞으로의 대한민국, 전 세계, 지구를 아는 노력입니다. 그것이 정체성과 규율입니다.

목표

대한민국이 세계에서 가장 아름다운 나라가 되는 목표가 어떨까요? 세계에서 가장 미적 감각이 넘쳐나는 나라가 되면 어떨까요? 심미라고 하는 것이 결국은 종합예술입니다. 철학과 과학이 인간에게 복무하는 것이 미학이라는 글이 기억납니다. 인간 존엄의 완결된 형태가 바로 미학이라는 글을 본 적이 있습니다. 진화전략+올바른 규율+심미적 목표로 어디에 가도 빛과 윤이 나는 아름다운 사람들이 모인 나라, 인간의 존엄을 제도적 문화적으로 완결시키는 데 일등인 나라가 되면 어떨까요?

- 맺음 -

윤오영의 『곶감과 수필』에 나오는 글로 마무리합니다.

"생활에서 행복을 느낀다는 것은 예술에서 미를 발견하는 것과 같다."

다 행복하자고 고해의 바다에서 허우적대는 우리들 아닌가요? ^^ 일상의 소소한 아름다움을 발견하는 '심미안'의 격조를 높이는 일에 저부터라도 매진해야겠습니다. 그것으로부터 생활의 발견과 생활의 행복이 이루어질 수 있지 않을까 생각해봅니다.

## 미감(美感)에 대한 탐구
Essay & Fiction

**펴 낸 날**  2014년 3월 7일

**지 은 이**  김혁수
**펴 낸 이**  최지숙
**편집주간**  이기성
**기획편집**  윤정현, 이윤숙, 윤은지, 김송진
**표지디자인**  신성일
**펴 낸 곳**  도서출판 생각나눔
**출판등록**  제 2008-000008호
**주    소**  경기도 고양시 화정동 903-1번지, 한마음프라자 402호
**전    화**  031-964-2700
**팩    스**  031-964-2774
**홈페이지**  www.생각나눔.kr
**이 메 일**  webmaster@think-book.com

• 책값은 표지 뒷면에 표기되어 있습니다.
   ISBN 978-89-6489-265-7  03810
• 이 도서의 국립중앙도서관 출판시도서목록(CIP)은 e-CIP홈페이지(http://www.nl.go.kr/ecip)와
   국가자료공동목록시스템(http://www.nl.go.kr/kolisnet)에서 이용하실 수 있습니다.
   (CIP제어번호: CIP2014005692)